転生令嬢は最強メンタルで ラスボス貴公子を攻略します

山野辺りり

Illustration
深山キリ

gabriella books

転生令嬢は最強メンタルで
ラスボス貴公子を攻略します

contents

プロローグ

「あんたら、何してんの！　ぶっ飛ばすよ！」

「やべぇ、実里《みのり》がきた。逃げろ！」

小柄な少女を取り囲んでいた少年らが、蜘蛛《くも》の子散らす勢いで逃げてゆく。

中には不満げにこちらへ文句を言おうとしている者もいたが、実里が拳を振り上げる真似《まね》をすると顔色を変えて走り去った。

養護施設に預けられた子供たちは、大なり小なり愛情を求めている。

一緒に暮らせない家族への複雑な思いや寂しさ。そういったものが燻《くすぶ》って、時には精神的に不安定になる子も少なくない。だからなのか、家族の面会が多い子への嫉妬で揉《も》め事《ごと》が起こることもある。

その日も建物の裏側で小突かれていた少女を、実里は助けてやった。

「……ありがとう……実里ちゃん」

「別に。私はああいう一人を大勢で虐《いじ》めるのが嫌いなだけ。やるなら一対一で正々堂々勝負しなくちゃ。あんたもやり返せばいいのに」

「それは実里ちゃんが男子に負けないくらい喧嘩《けんか》が強いからだよ」

意地悪をされても陰で泣くばかりの彼女に、実里は内心うんざりしていた。それでも理不尽な虐めは見て見ぬふりをできず、こうして毎度庇《かば》ってやるのだ。

「あんな奴《やつ》ら、一回やり返せば大人しくなるよ。どうせ群れていないと何もできない臆病者だもん。主導している翔太《しょうた》の顔面に頭突きでも喰《く》らわせてやんなよ」

「そ、そんなことできないよ」

だったら今後も一方的に甚振《いたぶ》られるだけだ。そう思いもしたが、実里は流石《さすが》に口を噤《つぐ》んだ。少女を傷つけると分かって言えば、自分も翔太たちと同じになってしまう。それは本意ではないと感じたからだ。

「じゃあさ、あまり一人にならないように気を付けなよ」

「うん……実里ちゃんは優しいね。いつも本当にありがとう」

「私は優しくなんてないよ」

自分が不愉快だから手出しせずにいられないのであって、善意ではない。正義感とも違う。だから褒められると居心地が悪くて、実里は視線を逸《そ》らした。

「ううん。実里ちゃんは誰よりも強くて優しいよ。私、いつもすごいなぁって憧れている」

「だったら、あんたも身体を鍛えて強くなればいいよ」

「ふふ、そうだね」

困った顔で笑う彼女は、おそらくこれからも喧嘩をする気はないだろう。それが分かるだけに、実里はひどくもどかしかった。

――虐《いじ》めっ子にやり返す努力もしないなんて、弱虫。

暴力を振るわれたくないなら、そんな気を相手に起こさせないくらい強くなればいいのに。腹立たしい気持ちが実里の唇を不満げに尖《とが》らせた。

「行こう、実里ちゃん。もうすぐあのアニメが始まるよ！　ユーリ様、格好いいよねぇ」

「え……私は別に楽しみにしていないけど」

今世間で子どもたち――特に女児を虜《とりこ》にしている、ややダークなテイストのアニメ。見目麗しい男性キャラが沢山出てきて、世界を守る主人公を支えてくれるのだが、彼らの微妙な恋愛模様が見どころらしい。

今日はその放送日だった。

――施設内だけじゃなく学校でもこの話題ばかり。でも私、ぶっちゃけ興味ないんだよね。

他人の恋愛なんてどうでもいいし、世界を守る戦いと言われてもピンとこなかった。

何故《なぜ》なら分かりやすい殴り合いで勝負するのではなく、いわゆる陰謀や裏切りが横行する世界観だからである。女子向けアニメにしては珍しく、骨太で複雑なストーリーも人気が高い理由の一つらしいが、実里には『面倒臭い』の一言。

ゴチャゴチャ考えるのは苦手だ。考察や裏読みなんて好みじゃない。どうせならスカッと単純明快なバトルものの方が好きだった。子どもながらに脳筋なのである。

それでも笑顔を見せた少女にホッとして、手を引かれるのに任せた。二人揃《そろ》って施設の中に戻り、テレビが置かれた部屋へ足早に向かう。既に大勢の子がアニメの放送を待ちわび瞳を輝かせていた。

「よかった、間に合って。実里ちゃんここに座ろう」

「え、ぁ、うん」

今更『私は見ない』と言うのも無粋で、実里は仕方なくその場に腰を下ろした。

時計の針が十七時を指した瞬間、アニメのオープニング曲が流れ、最前列に陣取った女児らから歓声が上がる。テレビ画面では主人公を取り巻く男性キャラが映し出され、皆の興奮が高まっているのが実里にも伝わってきた。

——うーん、よく分からん……顔が綺麗《きれい》な男の何がいいんだろう？　……まぁ確かに汚いものよりは見ていて楽しいのかな。いやでも、鍛えられた筋肉の方がよっぽど価値があるんじゃない？

「実里ちゃん、先週は主人公とユーリ様が急接近したところで終わったから、今週どうなっちゃうのかなっ？」

「ユーリ様って、あの黒髪の暗そうな奴だっけ？」

「もうっ、影があるって言ってよ。私は断然ユーリ様派なんだもん」

「ふぅん」

実里は上の空で生返事をした。画面には丁度件《くだん》のキャラが映し出されている。美形だらけの作中でも屈指のイケメンだ。それは実里も認めるところである。

——だけど何か、胡散臭《うさんくさ》いんだよなぁ。最終的に裏切りそう。

これが影があるということなのか。何となく信用してはいけない空気を、実里は感じ取っていた。

寂しげな笑顔も、紳士的な振る舞いも、控えめな言動も。全てが計算づくに見えて仕方ない。

黄金の瞳の奥の本心は決して晒《さら》さない——たとえ主人公に対してでも。そう思うのは自分が捻《ひね》くれているからなのか。

——ま、ただのアニメだけどさ。

「ね、それじゃ実里ちゃんは誰が一番好きなの？　やっぱりアラン様？」

「それって、正統派王子様だっけ。いやぁ……正論ばかりで鬱陶しいかな」

「それならギル？」

「マッチョは嫌いじゃないけど、頭が悪すぎるのは勘弁。ああいうのを可愛《かわい》いと思える感覚が私にはない」

どちらも主人公の取り巻きたちだ。金髪碧眼《へきがん》の煌《きら》びやかな王子様に、褐色肌で筋骨隆々の騎士。

他にも皮肉屋で童顔な情報屋やら中性的美貌の片眼鏡をかけた学者などとにかく美形キャラのオンパレード。

各種取《と》り揃《そろ》えてみました状態なので、誰かしらが性癖に刺さることになるらしい。

——残念ながら私は全員興味持てないけど。年上なのに子どもっぽくて嫌味《いやみ》ばかり言う奴なんて面倒だし、理屈っぽい長髪キャラも苦手。

皆どうして激嵌《はま》りしているのか、実里には正直理解できずにいた。

「えぇ……だったらどんな人が実里ちゃんのタイプなの？」

「うぅん考えたこともないなぁ。でも強いて言えば苦悩する人、かな」

「何それ？」

「たとえば悪いことをした時に罪悪感でのたうちながら、それでもやむを得ない事情で堕《お》ちていく悪役は嫌いじゃない。美味《おい》しい」

もっと言えば、何の躊躇《ためら》いもなく悪事に手を染める人間は万死に値すると思っている。それが創作であっても、大嫌いだ。

「……実里ちゃんって、マニアックな趣味だね……」

「聞かれたから答えたのに」

若干引き気味の少女を横目で捉え、実里は「ま、現実にいたら無理だな」と笑った。あくまでも、二次元のキャラクターだから許されるのだ。

「実里ちゃん、優しいけど変わっている……悪役が好きだなんて」

「悪役って言っても、良心が残っているからこそ汚れていくのがいいんだよ。道を踏み外す理由が欲得じゃなく、誰かのためだったらもっと最高」

実里はフワァと欠伸《あくび》して、適当に三十分間アニメに付き合うことを決めた。

第一章　心も身体も最強女子

セレスティアの朝は、香《かぐわ》しく貴重な茶の芳香で始まる……のではなく、草臭い溝色《どぶいろ》をした薬湯から始まる。

「さ、お嬢様。お飲みになってくださいませ」

「……いや、これ何度も言っているけれど、人が飲んでいい色をしていない」

「以前は文句などおっしゃらなかったのに、この数日どうされたのですか？　とにかく残さず飲んでくださいませ。お嬢様の身体のために特別配合したものですから。病弱なお嬢様には欠かせない品です」

メイドから強引に渡されたカップを渋々受け取り、セレスティアは深々と嘆息した。

朝と呼ぶには昼近くの時間。豪奢《ごうしゃ》なベッドは、一人寝には広すぎる。

着心地がいい夜着はフリルやレースがふんだんに使われていて愛らしいが、今日も昼間の服への着替えは求められないらしい。

つまり、セレスティアには外出どころかこの部屋を出る予定もないということだ。

――また一日中寝て過ごすのか……

それにどうせいくら抵抗したところで、このメイドは諦めてくれない。

こちらが大人しく、見るからにヤバい液体を飲み干すまで、寝室を出ていかないはずだ。

だとしたらセレスティアにできるのは、無駄な押し問答をせず、とっとと毒薬じみたものを飲むことだけだった。

――それに、ああだこうだと言い合う体力が、正直ない。しかもこの世のものとは思えないほど不味《まず》いけど、これを飲むと多少は身体が楽になるのも事実だ。

えげつない味ではあるが、薬としての効果も高いのだろう。

セレスティアは痩せ細った手で、カップを握り直し、覚悟を決めて一気に呷《あお》った。

「……ぉえ……っ」

「ご立派です、お嬢様」

やはり今日も極上に苦くて不味い。一向に慣れる気配も改善される兆《きざ》しもない最悪な味だ。

良薬は口に苦しとは言うものの、ものには限度がある。

一歩間違えれば、このパンチ力がある味のせいで体調を更に悪化させかねないのでは……などとセレスティアが考えていると。

「セレスティア、今日もきちんと薬を飲みましたね。偉いです。ご褒美に、これをどうぞ」

目も眩《くら》むような美形の男が寝室に入ってきた。

そして優雅な所作でこちらに砂糖菓子を寄越《よこ》す。あまりにも自然な流れで口に入れられたものだから、セレスティアはつい従順に菓子を口内で転がしてしまった。

砂糖がほろりと崩れ、溶けてゆく。濃厚な甘みがじゅわっと広がった。

――甘……っ、薬の苦みは消えたけど、味が混じって後味が地獄。そして私は甘いものが苦手なのに。

「今朝は少し、顔色がいいですね」

男が身につけた上着は黒を基調にした地味なものだが、仕立てがいいのは一目瞭然だった。それを嫌味なく着こなしている。

襟元に飾られた煌《きら》めく石は宝石だろうか。あの大きさや細工は、並の男が飾っていたら、本人が負けかねないのでは。そう感じるほど見事で、深い色味が目を惹《ひ》いた。

だがそれさえも男を引き立てる道具でしかない。

男性的な造形の美形は、一歩間違えれば猛々《たけだけ》しさが勝ってしまう。けれど彼に限って言うなら、絶妙なバランスで成り立っていた。

聡明《そうめい》さが滲《にじ》み、高貴な気配を漂わせている。人を寄せ付けない高潔な雰囲気も、彼を孤高の魅力で彩《いろど》っていた。

――腹立たしいくらい、圧倒的美形だな……今日も。網膜が痛いわ。

うんざりする気持ちを隠し、セレスティアは平静を装った。

どうせ騒ぎ立てたところで、医者を呼ばれて終わりだ。下手をしたら『ご病気の影響で』『興奮を鎮めなくては』と言われ、強い薬を処方されて眠らされてしまう恐れがある。

実際、過去に何度かそうやって強制的にベッドの住人と化せられた。

――同じ過《あやま》ちを犯してなるものか。ここは極力問題を起こさず、情報収集が最優先だ。

そのために言動には細心の注意を払う必要がある。

いずれこの状況から逃げ出すためにも。

「セレスティア、……僕のことが分かりますよね？」

男が不安げにこちらを見遣《みや》る。美しい双眸《そうぼう》には、探る色が揺れていた。

その瞳に映るのは、線の細い美しい女性。銀色に近い淡い金の髪を長く伸ばし、菫色《すみれいろ》の目が神秘的だ。儚《はかな》げで今にも消《き》え失《う》せてしまいそう。

そんなセレスティアの記憶が『また』曖昧になっていないか恐ろしくて仕方ないらしい。それともいっそおかしくなってくれれば手間が省けるとでも計算しているのか。

セレスティアを排除したい男にしてみれば、いったいどちらの答えを期待しているのだろう。

考えても分からないが――相手の意のままになってやるものかという矜持《きょうじ》で、セレスティアは己を奮い立たせた。

「ええ、勿論《もちろん》です。ユーリ。私の大事な弟を忘れるはずがありません」

優雅な微笑《ほほえ》みは、身体に残る癖も同然。セレスティアは『いつも通り』に穏やかに瞬いた。

「……それはよかった。安心しました」

どこか複雑な声音で呟《つぶや》き、彼は苦痛の滲《にじ》む表情を浮かべた。ホッとしたようであり、落胆したようでもある。

その真意は不明。

ただしセレスティアは内心『残念だったな。私がまだ生きていて』と悪態を吐《つ》いた。

「とにかく、無理はしないでください。身体に負担をかけてはいけません。さ、もう横になってください」

ユーリに促され、再びセレスティアはベッドに横たわった。

一日のほぼ全てをこの上で過ごさねばならない身としては、心の底から気が滅入《めい》る。

とは言え、ただ上体を起こし薬を飲んだだけで、この脆弱《ぜいじゃく》な身体は疲労感を訴えているのだから、どうしようもなかった。

——……行動を起こすには、時期尚早。今はとにかく体力をつけることを優先させなくちゃ……

それまでは、大人しくしている他ない。

ウッカリ殺されてしまわぬよう、警戒心を漲《みなぎ》らせ——かつそれをユーリに勘付かせてはならないのだ。

——私は必ず生きて帰る。元の世界へ……！　目的のためなら、他人を演じるくらい何でもない。

もはや何度目かも分からない決意を胸に、セレスティアは休息を取るべく目を閉じた。

「……少し眠ります」

「ええ、ゆっくり休んでください。お休みなさい、セレスティア」

こちらの髪をさらりと梳《す》いた指が離れてゆく。仄《ほの》かに肌を擦《す》った感触が、不思議と残る。

どこか、名残惜しさを訴えていると感じたのは、ただの思い過ごしに決まっていた。

「では失礼いたします、お嬢様。何かあれば、すぐにお呼びください」

「ええ」

ユーリとメイドの気配が室内から消えた後、セレスティアはそっと瞼《まぶた》を押し上げた。

中世ヨーロッパの城のような部屋は、絢爛豪華《けんらんごうか》だ。

優美な曲線を描くチェストに、その上に並べられた煌びやかな燭台《しょくだい》と時計。

天井からはクリスタルと思《おぼ》しきシャンデリアが下がっている。

革張りのスツールの前には、どこぞのお姫様が使っていそうなドレッサー。

もっとも自分はそういった場所など実際には訪れたことがないけれど。たぶん、こういうものだというイメージそのものだった。

セレスティア――否、高橋《たかはし》実里は忌々《いまいま》しく口元を歪《ゆが》める。

「……お嬢様って言われる度に、似合わな過ぎてゾクゾクするな……」

おそらく可愛い夜着や素敵な部屋を、大半の女性は好きだと思われた。いわば、憧れのお姫様生活だ。

だがしかし。

実里にはどれも全く興味が持てないどころか、煩《わずら》わしさしかなかった。

――ああ。ヒラヒラして動き難《にく》い寝間着だなっ、それに部屋の内装が煌びやかで目がチカチカする。本音は今すぐここから脱出したい。でも……生き残るためには我慢しないと。

仮にここを飛び出しても、それで全て解決とはなるまい。それ以前に屋敷の外まで自力で歩いて行ける体力があるかどうかも怪しかった。

故に、こうして不本意ながら実里はタイミングを窺《うかが》っている。セレスティアという見も知らぬ人間を演じながら。


——はぁ……本当にどうしてこんなことになったんだっけ……

思い返すのは人生が激変した日。あの日までは、ごく普通の日常だった。

日本に暮らす、特別なことなんて一つもないただの成人女性。

それが何故、現在『セレスティア』と呼ばれ、お城めいた一室で暮らしているのか。

誰かに話しても到底信じてもらえない事実を、実里は改めて思い返した。


……あの日、ボクシングジムを出たのは二十時過ぎ。

すっかり日が落ちた道を実里はいつも通りに歩いていた。

街灯の少ないこの通りは、痴漢や強引なナンパ、果てはひったくりなどの被害が多く、正直治安がいいとは決して言えない。地方都市であり、やんちゃな人間が多いのも事実。

一般的な親なら、若い娘が一人で行き来することに難色を示すだろう。多少遠回りになっても、ひと気のある明るい道を選べと進言するはずだ。

だが高橋実里には関係ないことだった。

まず、そんな心配をしてくる親がいない。これは家族仲が悪いとか、娘に関心がないという意味ではなく、言葉通り『いない』からだ。

実里の両親は我が子が三つにもならない時に離婚した。そして双方とも、子どもの引き取りを拒んだのである。

新しい相手がいたので、大方『魔の二歳児真っただ中』の幼児は足手纏《あしでまと》いに感じたのかもしれない。もしくは愛情の消え失せた伴侶の子など、興味すらなかったのか。

どちらにしても実の親に『いらない』と言われた実里に施設以外行き場はなく、それから二十年近く経《た》った今、彼らとは没交渉だ。

幸いにも成人するまで学費などの金は出してくれたが、数える程度しか会ったことがないので最早《もはや》顔も覚えていなかった。

今ではどこに住んでいるのかも知らない。施設職員に聞けば教えてくれるのかもしれないものの、実里自身そこまでの関心を持てないのが現実である。

親を恋しがる時期はとっくに過ぎ去り、心が凍るには充分な時間が経過した。諦念《ていねん》よりも冷たい気持ちで、自分の人生から彼らを切り離す方が楽だったのだ。

――ひょっとしたら、私に情がないというか、欠けているせいかもしれないけど。

実里は、汗をたっぷり吸ったトレーニングウェアとグローブ、シューズが入った大きな鞄《かばん》を肩に担ぎ直し、意識的に思考を切り替えた。

――プロデビュー戦はあと三日後。

早くも武者震いと高揚が止まらない。ワクワクと浮き立つ気持ちは、既に臨戦態勢だ。

ベリーショートの頭を節くれだった指でガシガシと掻き、漏れ出る笑みを噛《か》み殺《ころ》す。

実里は数日後に迫ったデビュー戦に思いを馳《は》せ大きく深呼吸した。

高校卒業後に始めたキックボクシング。当初は、運動不足とストレス解消が目的だった。

施設を出て就職をし、職場からアパートへ帰るだけの生活に嫌気がさして、いっちょ格闘技でもやってみようかと思い立ったのである。

元来、体格に恵まれ運動神経もよかった。

軽い気持ちでキックボクシングジムに入会した実里は、休日一緒に遊ぶ友人も特にいなかったため、余暇の全てをジム通いに使い、結果、才能が花開いたのである。

ついには本気でプロを目指そうと決意するまでに。

――仕事を辞められるほどの収入を得るのは難しいけど、自分の身一つでのし上がれる感じは、最高だ。

身体を鍛えれば鍛えた分だけ、結果が出る。筋肉質に引き締まった肢体も、自信へ直結した。

どうせ似合わないおしゃれにかまけるより、ストイックにトレーニングを重ねている方が充実感を得られる。単純に強くなっていく自分が楽しかった。

キックボクシングの世界でなら、仄《ほの》かなコンプレックスだった骨太な体型も、一般女性平均より長く大きい手足も、柔らかさのない強面《こわもて》や目つきの悪さも武器になる。

健康な身体に感謝だ。その点だけは、丈夫に生んでくれた両親に『ありがとう』と感じなくもなかった。

――男に間違えられる度に嫌になったけど、おかげで面倒な輩《やから》に絡まれることはない。夜道を安全に歩けるなら、悪くないでしょ。私は絶対にキックボクシングで天下を取って見せる。これぞ天職じゃない？

何はともあれ、実里はようやく自分の居場所を見つけた心地で足取り軽く家路を急いだ。

ジムのシャワーで汗は流してきたが、ゆっくり湯船に浸《つ》かりたい。本日の疲労を完璧に取り、プロデビュー戦に向け万全の態勢を整えるのだ。

そんなことを考えながら坂道を登りきると、前方で三人の人影が揉《も》み合っているのが視界に入った。

「……ん？」

「――いいじゃん、ちょっと付き合ってよ」

「やめてください、放して……！」

「そんなこと言わないでさぁ、絶対楽しいから！」

声と体格から、男二人に女一人。それも、女性は腕を掴《つか》まれ引っ張られながら涙声を震わせていた。

どこからどう見ても、平和なやり取りではない。

実里の眉間に、無意識のうちに深い皺《しわ》が刻まれた。

――不愉快な場面に遭遇しちゃったなぁ。

きちんとジャケットを着た仕事帰りと思しき女性と、だらしない格好をして腕にタトゥーを入れた金髪と坊主の男性らに共通点は見当たらない。本来なら話す機会も稀《まれ》なのではないか。

そんな彼らが揉《も》めている様は、説明されずとも状況が明らかだった。

「短い時間ぐらい構わないだろ」

「あんまり騒がれると、俺ら腹が立っちゃうかもしれないし」

明確な脅しに、長い黒髪を束ねた女性が息を呑《の》んだ。身体が硬直しているのか、掴まれた手を振り払うことすらできずにいる。よく見れば、足元は小刻みに震えていた。

「ってことで、早速行こうか、お姉さん」

「上の大通りに車停《と》めてあるからさ。とっとと乗ってくれればここまで追いかけてこずに済んだのに、面倒かけさせんなよ」

どうやら男らは別の場所で女性に声をかけ、逃げられた結果、ここまで追ってきたらしい。その根性は天晴《あっぱれ》だ。しかし相手の女性にしてみれば、恐怖以外何物でもないに決まっていた。

――なるほど。だからこんなひと気のない道に入り込んじゃったのか。

自分も正にその『ひと気のない道』にいることは棚上げし、実里は胸中で頷《うなず》いた。

正直に言えば面倒だ。けれど実里には揉め事を見過ごすことができなかった。

「ダッサイ真似はやめなよ。その人、嫌がっているじゃん」

「ぁあ？　何だ、お前」

重いスポーツバッグを持ち直しながら実里が声をかけると、男が尖った眼差《まなざ》しを向けてきた。だが、こちらが思いの外大柄な女だと見るや、ほんの少し怯《ひる》んだのが伝わってくる。

とは言え、あちらは男二人。それなりにゴツイ。すぐに自分たちの優位性を確信したようで、余裕のある表情に変わった。

「関係ない奴は引っ込んでろよ」

「お前には声かけたりしないから、安心しな」

彼らの視線が実里を値踏みする。

化粧っけのない顔。ラフなTシャツにハーフパンツ。ベリーショートで無造作な髪形。女らしさ皆無だ。瞬時に『対象外』の烙印《らくいん》を下されたのが感じられた。

実里の眉間の渓谷《けいこく》がググっと深まる。ただでさえ不快な男たちが、一層『ゴミ』に思えてきた。

――これはもう、遠慮する必要なさそう。

思い切りぶちのめしてしまおうか。一瞬そんな思考が過《よぎ》ったものの、一応こちらは格闘技を修める身である。しかもこれからプロとして活躍していく予定。トラブルはご法度だ。

後から難癖をつけられても困るので、大怪我をさせるのは不味《まず》いと思い直した。

――仕方ない。隙を見てあの女性と逃げるしかないか。

実里は素早く周囲の状況を確認し、退路を探った。引き返して大通りに出るか。それとも住宅街に逃げ込むか。確実に人通りが多いのは前者だ。しかしそれなりに距離がある。今も膝を震わせている女性が全力で走り切れるとは思えなかった。

——私一人なら余裕で振り切れそうでも、リスクが高い。それなら住宅街に向かう？　確か近くにコンビニがあったはず。

高台になったここから最短距離でコンビニへ駆け込むとなれば、視界の隅に映る階段を駆け下りるのがいい。それなら数分とかからない。けれど問題は。

——階段……急なんだよねぇ。足元がおぼつかない上にハイヒール履いているあの人には難しいな。

ひとまず私が男たちを足止めして女性を逃がし、その後ダッシュで私も消えるか。

数秒の内に作戦とも言えない計画が纏《まと》まった。そうなれば、まずするべきは、彼女の掴まれた腕を解放させることだ。

「……モテない不細工ほど、他人の容姿をああだこうだ評価したがるね」

「っんだと、コラァ！」

実里の挑発にまんまとのせられた男が、いきり立ってこちらに迫ってきた。想定通り、捕らわれていた彼女が自由になる。実里は素早く目配せしつつ、声を張り上げた。

「逃げて！」

「……っ、あ、ありがとうございます。ごめんなさい……っ」

女性が数瞬迷った後、踵《きびす》を返す。意を決したように階段を駆け下りていった。

「あ……っ、待てよテメェ！」

「フラれているのに追っかけ回すとか、格好悪い」

「あ？　舐《な》めてんのか、お前」

眼《め》を血走らせた男が追い打ちをかけた実里に顔を近づけてくる。かなりの酒臭さに辟易《へきえき》した。

「大人しく帰ったら？　これ以上恥晒さないうちに」

実里はさりげなく彼らとの間合いを測り、挑発を重ねた。

男らは血管を浮き上がらせながら顔を歪め、もういつ爆発してもおかしくない。沸点は、かなり低いらしい。実里が鞄の取っ手を強く握り、息を凝らした瞬間。

「クソ女が、馬鹿にしやがって！」

「テメェのせいで女が逃げたじゃねぇかっ」

男二人が一斉に飛び掛かってきた。しかし所詮は素人だ。実里の敵ではない。

「女に男二人がかりで、どっちがクソだよ！」

重量のある鞄を振り回し、一人を薙《な》ぎ払《はら》う。次いでもう一人の手を鮮やかに躱《かわ》した実里は、背後から彼の背中を蹴飛ばした。

「このアマ……っ、マジで痛い目見ないと分からないようだな」

無様に転がった男は、目を血走らせ憤怒《ふんぬ》の表情で体勢を立て直した。

「今更後悔しても遅いからな！」

「煩《うるさ》いな。ゴチャゴチャ言ってないでかかってきなよ」

実里は掌《てのひら》を上に向け、あえて気取った仕草で手招きした。勿論、彼らを小馬鹿にするためだ。

「……っ、もう許さねぇっ」

「女だろうと容赦しねぇからな！」

――そりゃこっちの台詞《せりふ》。容赦なんてせず、再起不能にしてやりたい。

主に、あそこを。潰してやれたら、どれだけ清々することか。

実里は鞄を路上に下ろし、ファイティングポーズをとった。

足を股関節の幅程度に開き、左足を前に出す。拳は鼻から目の高さに構え、脇を締めた。大事なのは無駄に力まないこと。

みぞおちに軽く力を籠《こ》め、やや背を丸めて、顎を引く。

そんな実里の姿勢を見た男たちは嘲《あざけ》るように鼻から息を吐いた。

「ボクシングをちょっと齧《かじ》ったからって、俺らに勝てると思ったのか？」

「いるよな、ジムに通っただけで勘違いする奴」

「能書きはおしまい？」

「男には敵《かな》わないって思い知らせてやるよ！」

飛び掛かってきた男をバックステップで避け、更に横から掴みかかってくるもう一人をサイドステップでいなす。身体でリズムを刻みながら、実里は冷然と彼らを睨《にら》み据《す》えた。

「チョロチョロ逃げやがって……！」

殴っていいなら、そうしたい。そんな本心はグッと呑み込む。代わりに「遅い」と一言だけくれてやった。

「……っ、ぶっ殺してやる！」

「できもしないことを口にするのは、みっともないよ」

「減らず口叩《たた》きやがって……おい、そっちから回り込め！」

坊主頭が金髪に命じ、実里へ向かい腕を伸ばした。だが当然、そんな鈍い攻撃が掠《かす》るはずもない。

こちとら毎日、化け物じみた人間凶器と切磋琢磨《せっさたくま》しているのだ。

「くそっ、避けんな！」

「はぁ？　捕まえられない自分の不甲斐《ふがい》なさを、こっちに丸投げしないでくれる？」

「お前がノロノロしているからだろ？　もっと突っ込めよ！」

「んだと？」

しまいには仲違《なかたが》いし始めた彼らを冷めた目で見下げる。とことん情けない男たちだ。

——もう少し疲れさせてから、振り切ろうかな。

そろそろ男らの両脚には乳酸が溜《た》まり、走ろうとしても縺《もつ》れてままならないはず。その瞬間を狙い、実里は敢《あ》えて小馬鹿にした嘲笑を浮かべた。

「情けない。女一人に指一本触れられないとか……ダッサ」

「こいつ……っ」

「滅茶苦茶にしてやらぁ！」

その後もやみくもに踏み込んでくる男らを躱《かわ》し続け、いったいどれだけ時間が経ったのか。

実里の感覚ではワンラウンドにも満たない短いものだ。こちらは全く疲れていないし息も上がっていなかった。

だが彼らは激しく肩を上下させ、大粒の汗をかいている。そろそろ頃合いだと実里が思い始めた刹那、眩《まぶ》しい懐中電灯に照らされた。

「男性に絡まれている女性がいると通報があって駆け付けました！　大丈夫ですか！」

警察の制服を着た男性が、自転車から飛び降りてこちらに駆けてくる。どうやら、先ほどの被害女性が連絡してくれたのだと、実里は悟った。

——よかった。あの人、無事逃げられたんだ。これでもう、安心。

そう、安堵《あんど》し気が緩んだ直後。

「やべ……っ、どけよ！」

「え」

他にも疚《やま》しいことがあるのか、血相を変えた金髪頭が実里の身体を突き飛ばして脱兎《だっと》の如く身を翻した。

それでも普段の実里なら、多少たたらを踏むだけで済む。運悪く、足元のスポーツバッグに足を取られることさえなければ。

「あ……」

後方へ身体が傾《かし》ぐ。浮遊感に慄《おのの》いて、視界には慌てた様子の警察官が映った。

こちらに差し伸べられた手は到底実里に届かない。尻もちをつくだけでは済まないと直感したのは、皮肉にも夜空の星が綺麗だったから。地面に倒れるはずの実里の背中は何もない空中に放り出された。

——階段。

不運は、時に連鎖する。

——いや、私が生まれてこのかた、ツイていたことがあったっけ……？

最後に目にした満天の星空で、流れ星が落ちていった。


……そして、次に目が覚めた時には、このお嬢様仕様の部屋の中だったのである。

最悪だ。

意識が浮上して実里が最初に考えたのはその一言。ちなみに現在でもその思いは微塵《みじん》も変わらない。

つまり最悪な状況は進行形である。

が、ある意味『この世界』で目覚めた初日は混乱も伴い、より最悪の度合いが高かったとも言えた。

——ああ……本当、今思い出してもあの日のことは全部が黒歴史だ……

実里は重怠《だる》い身体で寝返りを打つ。それでも、一週間前と比べれば多少はマシである。少なくとも自力で体勢を変える程度はできるのだから。

あの日——意識が戻った実里は、ここは病院だろうかと予想した。目を閉じていても今自分が横になっている布団が、オンボロアパートの自室ではないことは明らかで、何より寝心地が段違いだったためだ。

階段から落ち怪我《けが》をして、犯罪被害者だから手厚く治療してもらえたのか。実里の財力では、個室に入院なんて夢のまた夢。最近の警察は親切だなぁなどと思いつつ、とりあえず指先を動かしてみた——のだが。

僅かに人差し指に力を込めただけで、肘までがビリビリと痺《しび》れた。それに信じられないほど腕全体が重い。いや、自分の身体とは思えないくらい全てが上手《うま》く動かせなかった。

これは、想像よりも重症かもしれない。

——骨折していたら三日後のプロデビュー戦、どうしてくれるんだ……ッチ、やっぱりあいつらのアレ、潰してやればよかった……

重石《おもし》のような瞼を実里が苦労して開いた途端、飛び込んできた光景に唖然《あぜん》としたのは仕方あるまい。

「はい……？」

てっきり、白い病室が目に映ると思っていた。けれど眼前に広がるのは、優雅にして装飾過多なヨーロッパ調の重厚な家具ばかり。

壁はいくつもの絵画が飾られ、床にはふかふかの敷物。

それだけでなく扉や窓の取っ手は彫刻が施され、芸術品めいていた。

――すごく綺麗……でもここどこ？

下品ではないが、こんなに華やかな病室があって堪《たま》るか。さながらテーマパークか海外の城である。仮にもしここが病院の一室ならば、おそらく芸能人や政治家御用達《ごようたし》の超高級セレブ専用としか考えられない。

つまりは、庶民の中でも底辺を自負している実里に、とても支払えるはずのない料金を請求されかねなかった。

――ヤバい。今すぐ帰らなきゃ。治療費だけでなく入院費を払えなんて言われたら、破産する……！

実里は呆然《ぼうぜん》としたまま上体を起こそうと身じろぎした。気持ちの上では、素早く飛び起きてベッドから立ち上がるつもりだったのだが。

「……っく」

全くもって、身体が動かなかった。

まず、寝返りさえままならないのだ。そもそも腹にも腕にも力が入らない。両脚に至っては、弛緩《しかん》したまま。首を左右に巡らせるのが精一杯。他は拳を握ることすら渾身《こんしん》の労力と気合が必要になる。

よもや頸椎《けいつい》でもやってしまったのかと実里の血の気が引いたが、痺れや痛みは感じられるので、それはないだろうと思い直した。

それに非常に億劫《おっくう》ではあるが、まるで動かせないわけではない。重く痛みを伴うことを我慢すれば。

――だとしたら……やっぱり打撲や骨折？　それにしては固定されていないし、色んな管や機械も繫《つな》がっていないけど……

不可解だ。しかし今一番問題なのは、数多くの疑問ではなく、生理的欲求だった。

――トイレに行きたい。

それはもう、切実に。膀胱《ぼうこう》はパンパンである。

だが一人で起き上がれない現状、更には手洗いがどこにあるのか不明なため、『詰んだ』と言っても過言ではなかった。

――ヤバい。

実里は大人としての尊厳を失いたくない。漏らすなんて以《もっ》ての外《ほか》だ。たとえ這《は》ってでも用を足しに行ってやると己を奮い立たせた。

――身体が辛いだけなら、気合いでどうとでもなる……！

いや、してみせる。根性を掻《か》き集《あつ》め、芋虫めいた動きで活路を探った。すると。

「お嬢様！　お目覚めになられたのですね！」

見知らぬ女が感極まった声を上げ、実里の横たわるベッドへ駆け寄ってきた。

――はい？　今この人、『お嬢様』って言った？　それに何だその格好。看護師さんじゃないの？

今にも泣き出しそうな女性は、いわゆる『メイド服』を纏っていた。ただし、どこぞのカフェで見かけるような、ミニスカートなどのペラくチャラついたものではない。

コスプレにしてはしっかりとした、本気のメイド服だったのである。

――え？　この病院、看護師さんの制服がこれ？　……院長の趣味？　ヤバい人じゃん……

ドン引きである。

おそらく実里の顔は思い切り引《ひ》き攣《つ》っていたはずだ。

けれど全く気にした様子はなく、正体不明の（たぶん）看護師は、如何《いか》にも気遣わしげな様子でこちらの顔を覗《のぞ》き込《こ》んできた。

彼女の顔立ちはかなり濃い。髪と瞳は黒いが、肌も焼けているのかやや色味が濃かった。そして胸はかなり大きめ。ひょっとしたらハーフかもしれないと実里はボンヤリ考えた。

――まさか顔で採用するタイプの病院？　ますますヤバい。

「ああ、三日も目を覚まされないので、心配しておりました。すぐお医者様を呼んで参りますね」

「……えっ？」

嘘《うそ》だと言ってくれ。あれから三日が経過したなら、今日がプロデビュー戦になる。せっかく実里の人生が上向くかもしれなかった記念すべき日に、暢気《のんき》に寝ているわけにはいかなかった。

しかもそれ以上に急を要するのが。

――もう、無理。限界。トイレに行かせて……！

「お、お嬢様、動いてはいけません。すぐにお医者様を連れてまいりますので……！」

制止する声も全身の怠さも何のその。排泄《はいせつ》の欲求には抗《あらが》えない。

痛みを全力で捻《ね》じ伏《ふ》せて、実里は上体を起こそうともがいた。

「ちょ……話は後で聞くから、手を貸して……！」

三日ぶりに言葉を発したせいか、喉が掠れた。だからなのか、若干いつもと自分の声が違う気もする。しかし深く考える余裕はなく、実里はメイド服コスプレの看護師へ手を伸ばした。

「トイレに行きたいの！」

——悔しいけど、自力では難しい。肩を貸してほしいと頼むつもりで、懇願する。

ただ上半身を起こすだけで、呼吸が乱れドッと疲れ果ててしまった。

——体力、根こそぎ使い果たした気分……三日間寝たきりだと、こんなに身体って鈍るんだ……せっかく鍛え上げた筋肉もだいぶ落ちたのでは。見下ろした自身の身体はゆったりとした寝間着を着用しているため見えないが、感覚からして窶《やつ》れたのは間違いない。

実里は嘆息したい気持ちを堪え、もう一度彼女と視線を合わせた。

「申し訳ないけど、トイレに連れて行ってもらえます？」

「え？　ぁ、そういうことですね、畏《かしこ》まりました。ではすぐに準備いたします」

——準備？　私はトイレまで連れて行ってほしいだけなんだけど……

何やらよく分からない言葉を残し、一度部屋を出ていったメイド服看護師の背中を実里は見送った。

が、すぐに戻ってきた彼女の手にしたものを見て、愕然《がくぜん》としたのは言うまでもない。

「お待たせいたしました。さ、どうぞお嬢様！」

誇らしげに指し示されたのが『おまる』であるのが理解できたからだ。

「はぁあぁっ？」

自分ではそこまでの重病人のつもりはなかった。起き上がるだけで全身全霊の力を振り絞ったものの、トイレへ行くくらいの余力はあるつもりだ。たとえなくても、己の誇りをかけて絶対に辿《たど》り着いてみせる。

しかし差し出されたのは『おまる』。

「じょ、冗談でしょ？　私はトイレに行きたいの！」

「ええ？　ですが今までずっとこれで……」

「とにかく手を貸してください。ちゃんと行けますから！」

押し問答している間にも、尿意がのっぴきならなくなってくる。実里は噛《か》みつく勢いで女性に頭を下げた。

「お願い！」

「お嬢様がそうおっしゃるのなら……ですが久しぶりに立たれるので、くれぐれもお気をつけくださいね？」

「勿論！」

ようやくこちらの要求を理解してくれたのか、メイド服看護師は渋々ながら頷いた。

――この人『今までずっとこれ』って言った？　私、意識がない間におまるを使っていたの？

いくら看護の一環であっても恥ずかしい。

実里はのたうち回りたい衝動を抑え込み、よろよろとベッドから立ち上がった。途端、グランと眩暈《めまい》がする。もし女性が身体を支えてくれていなければ、確実に倒れ込んでいただろう。

両脚にはまるで力が巡らず、貧血なのか視界が回る。筋力が想像以上に落ちていた。

「お、お嬢様、大丈夫ですか？」

「ぐ……平気。でもゆっくりお願い……」

深呼吸を繰り返し、吐き気はひとまず治まった。極力頭の位置を動かさなければ、動けそうだ。

――他人に手伝ってもらわなきゃ、排泄にも行けないいなんて……

自分が情けない。実里は、長い間人に頼らず自分の力で生きてきたことに誇りを持っている。

己の努力で道を切り開いてきたのだと。他者に甘えるのは弱者のすることだとも思っていた。

それなのに、この体たらく。

――怪我をしたならしょうがない。でも、自分に一番腹が立つ……！

何故、あの時上手く受け身を取れなかったのか。それ以前に突き飛ばされたくらいで脚を縺《もつ》れさせるなんて、下半身が安定していない証拠だ。もっと言えば、足元の鞄や背後の階段など状況を把握しきれていなかったミスが大きい。どれもこれも実里自身の未熟さ故の自業自得。

あの男たちのことも憎らしいが、それより自分への苛立《いらだ》ちが沸々と湧いた。

——悔しい。はらわたが煮えくり返る……！

怒りを原動力に変え、実里は一歩ずつ慎重に歩き出した。自分の身体が恐ろしく重い。進む毎に息が上がり、額には汗が滲んだ。

たかだかトイレへの道のりが遥《はる》か彼方《かなた》に感じられ、気分は巡礼者である。

本音では一刻も早く駆け込みたい焦りを宥《なだ》めすかし、転ばないよう慎重に。

——万が一膝をついたら、そこから立ち上がれなくなるかもしれない……

摺《す》り足《あし》ではなかなかトイレに到着せず、目的を完遂するまでには疲労困憊《ひろうこんぱい》どころの騒ぎではなかった。

何なら壮絶な試合を終えた気分だ。精も魂も尽き果てたと表現しても言い過ぎではない。

実里はそれでも人としての尊厳を守るため無事用を足し、死に物狂いでベッドへ戻った。

——身体が……怠《だる》い！

呼吸は乱れ、意識を手放しそうになっている。膝に至っては、生まれたての仔馬《こうま》同然だった。もう、指一本動かしたくない。

このまま眠ってしまいたいと全身が訴え、『本日営業終了』の張り紙でも掲げたい。だが、そうはいかないことを、実里自身が誰よりも理解していた。

——今の状況を確認しなくちゃ。ヤバい病院がどこにあって、私が入院した経緯も——

「お嬢様、水をお飲みなりますか?」

「あ、ありがとう……」

メイド風看護師がグラスに水を注いでくれ、ありがたく実里は受け取った。気になることは多々あれど、喉が渇いているのも事実である。

グラスを満たす水を飲み干し、ホッと一息つく。その際、不意にとあることが気になった。

——さっきからちょいちょい視界に入るこの淡い金の糸束……何なんだろう?

上体を前に倒すと、三つ編みにされた糸束が下方で揺れているのが見え隠れする。どうやら実里の背中側にあるものらしく、かなりの長さであるのが窺《うかが》えた。

——銀に近い金なんて、不思議な色。綺麗だけど、これちょっと邪魔だな。

何気なくその糸束に触れた実里は、下へ引っ張ってみた。すると自分の頭皮に刺激があるではないか。しかも軽く引いたつもりだったのだが、予想外の連鎖反応だったせいか実里の首がガクッと後方に反った。

「お、お嬢様……何をされていらっしゃるのですか?」

突然のけ反った実里を奇妙に思ったのか、女性が訝《いぶか》しげに聞いてくる。その僅かに怯《おび》えを孕《はら》んだ眼差しに慌て、実里は糸束から手を離した。

「え、いや……これは何だろうと思って……」

まるで己の頭に繋がっているようだ。しかしそんなはずもない。

じり、と身の内に焦燥が生まれた。あり得ない可能性が頭の中に浮かぶ。

まるで実里の頭皮から直接生えているみたいだと馬鹿げたことを考え、瞬時に打ち消した。

――まさか私、白髪になった？　そんなに長い年月、意識不明だったの？　それでトイレに行くのも困難だったとしたら……いや、落ち着け。『眠っていたのは三日』だってさっきこの人が言ったじゃない……！

パニックに陥りかける心を必死に宥める。

細く長く息を吐き出して、少しでも冷静さを取り戻そうと心掛けた。

「お嬢様……倒れられた影響がまだ残っているのかもしれませんね。今すぐお医者様を――」

「待って！　そ、それより……さっきから何故私のことをお嬢様と呼ぶんです？　それがこの病院の接客方針？」

気分はもう、不思議の国のアリスだ。実際にはイメクラまがいの妖しい病院にいるのだが。

実里は頰《ほお》を引き攣《つ》らせながらメイド看護師に問いかけた。

「所属しているジムに連絡したいので、私の荷物はどこですか。もう帰っていいですよね？」

可及的速やかに、ここから出よう。そう心に誓い、懸命に笑顔を形作る。

だが人類最高のコミュニケーションツールであるはずの微笑みは、メイド看護師の怪訝《けげん》な表情に打ち砕かれた。

「……何をおっしゃっているのです？　ジム？　荷物？　それに病院って……お嬢様が帰る場所はこ

こアンガスタ侯爵家しかありませんが」

「はい？」

空耳だろうか。それとも幻聴か。いっそそうであってくれと願い、実里は忙しく瞬いた。

「こ、侯爵家？」

そんなもの、生まれも育ちも日本人の自分には馴染《なじ》みがない。

これまでの人生、そして今後の人生でも実里には関りがない世界。

それがごく当たり前のものとして会話に飛び込んできて、混乱するなという方が無理だった。

「はい。セレスティア様の生家であられるアンガスタ侯爵家です。お嬢様は生まれてからずっと、このお屋敷で暮らしていらっしゃるではありませんか」

悩ましげに顔を曇らせた彼女が「高熱のせいで夢と現実が曖昧になっていらっしゃるようですね」と呟いたが、それは実里の耳に入らなかった。

――え？　何これ、ドッキリ？

しかし実里にはそんな悪ふざけを仕掛けてくる相手に心当たりはなかった。

――だとしたら夢？　それしか考えられない。あ、そっか。私階段から転がり落ちて頭打ったせいで朦朧《もうろう》としているのかも……

乾いた笑いが実里の唇から漏れる。

その時、自身の口から発される声が、全く聞き覚えがないことにようやく思い至った。

──喉が掠《かす》れているからだと気に留《と》めていなかったけど……これ、全く別人の声じゃない？

実里の声音は、かなり低い。ハスキーボイスというのか中性的で、ぶっきらぼうに喋《しゃべ》ることが多いため、見た目の厳《いか》つさも相まって男性に間違われることがあったくらいだ。

それなのに、先刻から己の耳が拾うのは、可憐《かれん》で儚い柔らかなもの。逆立ちしたって性別を勘違いしようもない、麗しく紛《まご》うことなき女性の声質だった。

「え……っ？」

よくよく自らの手を見下ろせば、水仕事なんて一度もしたことがありませんと言わんばかりの白く細い指と掌が視界に入る。

格闘技なんて以ての外。厳しいトレーニングで鍛え上げたはずの厚みや硬さなんて微塵も見当たらない。むしろパンチを繰り出せば、こちらの拳が粉砕すると思われた。

──どうして？　たった三日寝込んだだけで、こんなことになる？

考えるまでもなく、答えはＮＯだ。

多少身体が鈍り筋肉が落ちても、傷や太くなった指の関節までがなかったことになるわけがなかった。

──つまり、どういうこと？

一つだけ回答が浮かんだけれど、あまりにも馬鹿げていて非現実的なので、速攻却下した。それでも実里の手が自らの顔をペタペタと触らずにいられなかった辺り、心の奥底では『可能性』を否定しきれていなかったのかもしれない。

――嘘。そんなはずない。

「お嬢様？　ご気分が悪くなりましたか？　私、お医者様を呼んで参ります！」

掌から伝わる感触は、実里を愕然とさせた。部屋を飛び出していったメイド看護師を、引き留める余裕もない。ただひたすら、滑らかな肌や長い睫毛《まつげ》、高い鼻梁《びりょう》にふっくらとした唇の形を指でなぞった。

おそらく、瞳がとても大きい。それに短く刈り上げていたはずの頭髪が、長く伸ばされ三つ編みに結われていることを認めざるを得なかった。淡い金の糸束は、間違いなく自分の頭から生えている髪の毛だ。

――昔、施設で喧嘩して眉毛の上に負った傷が消えている……ニキビの痕もない……

ツルツルで張りのある肌は、若い女性特有のもの。しかもかなりの労力と金をかけねば手に入れられない。

多少窶《やつ》れた感はあっても、手入れが行き届いているのは明白だった。

慎重に手足の感覚を注視すれば、いつもと長さや太さ、大きさの違いがハッキリ自覚できる。

キックボクシングのプロを目指す者として、日頃から自身の身体と体調には気を配っており、小さな変化にも敏感だ。今日それができていなかったのは、怪我の影響を覚悟していたのと起き抜けでボンヤリしていたせいだと楽観視していたのだが――

――違う。これは私の肉体じゃない。

実里は思い通りに動かない身体で、ベッドから立ち上がった。だがすぐに両脚が体重を支えきれず床に転がる。

強《したた》かに膝を打ったが、この際それはどうでもいい。打ち付けた場所を確認することもなく、実里は匍匐《ほふく》前進でドレッサーへ向かった。

この場に他に人がいたら、鬼気迫る実里の姿に恐《おそ》れ戦《おのの》いただろう。絞り出した気合と根性でスツールの座面に手を置き、全力で身体を床から引き剥《は》がした。

――ないないない。あり得ない。でも不安は潰しておかなくちゃ……！

吐きかねないほど息を乱し、肩で呼吸しながら実里はスツールへ腰を下ろすことに成功した。けれど激闘の末に頭はボサボサ、眩暈《めまい》がする。顔を上げる余力が溜まるまでには、しばらくの時間が必要だった。

――やっと……息が整ってきた……視界も定まってきたし……

たかが室内を移動しただけでこの有様。もう色々と泣けてくる。

肺一杯に空気を吸い込んだ実里は、意を決して顎を上げた。ドレッサーの鏡に映っていたのは。

「ひ……ええええッ？」

素っ頓狂な悲鳴が室内に響き渡る。それもそのはず。

実里の可愛げがない逞《たくま》しい顔が映るはずの鏡には、淡い金の髪と菫《すみれ》色の双眸を持つ絶世の美女が映っていたためだ。

線が細く、妖精か美の女神と言われれば信じてしまいそうな、圧倒的美貌と儚さ。どこか物憂げな瞳は、濡《ぬ》れて幻想的に光っている。化粧っけはなくても、芸術的に整った目鼻の配置と形や大きさが、問答無用の完成度を誇っていた。

そんな見知らぬ女性が、今まさに鏡の向こう側から実里を凝視している。しかも自分と同じ動作をして。

実里が恐々《こわごわ》鏡に触れれば、あちら側も同様に手を伸ばしてきた。完全に同時に。寸分の狂いもなく。首を傾げればズレなく動作が重なる。口元が引き攣れば、端麗な顔貌《がんぼう》も僅かに歪んだ。

「悪夢にしても気持ちが悪い！」

思わず叫んだ実里は、無意識に鏡を叩いた。幸い割れることはなかったものの、その音は意外に大きく響く。

自分でも驚いて目を見開いた時、背後で乱暴に扉が開く音がした。

「セレスティア、どうしましたかっ」

鏡越しに目が合った侵入者は、若い男だった。年齢は二十代半ばから後半。

勿論、実里の知り合いではない。そもそも異国人との交流はない。精々練習試合で対戦する程度だ。日本語以外で話しかけられれば動揺してしまう——そんな典型的日本人である実里は、反射的に背筋を強張《こわば》らせる。だが先ほど聞こえた言語はきちんと理解できた。ならば相手が日本語を話せるのか。

室内に入ってきたのは、艶《つや》やかな黒髪に黄金の瞳の美丈夫だった。

服装は、いわゆるヨーロッパ貴族が身に着けていそうなもの。すわコスプレか、と突っ込みそうになる。しかしその男には似合っているから厄介だった。

空気が一気に変わる。冷静さを欠いていた実里も、とんでもないイケメンの登場に毒気を抜かれてしまった。

——え……でも、誰？

頭が冷えてくれば、女の部屋に許可なく立ち入った男が何者なのかが気になってくる。

普通に考えれば、家族だろうか。それにしては似ていない。あくまでも先ほど鏡で確認した、この身体の容姿とは……という意味だが。

——でも綺麗な顔をしている点は共通点がなくもない？

実里はゆっくり振り返り、初対面の男の顔を直視した。

——こうして直に見ると、美貌の圧が増す。腹立たしいくらい整っているな……——でも、どこかで見たことがあるような？

遠い記憶に引っ掛かりを感じ、思い出そうと瞳を泳がせる。しかし答えに辿り着く前に、男が長い脚を駆使して僅か数歩で実里の前へ到着した。

「目が覚めたのですね……よかった」

あまり表情は変わらないけれど、彼はホッとしたように見える。強張っていた肩からは力が抜けていた。

――私を……心配していたってこと？

実里はどう反応していいのか分からず、無言で男を見つめることしかできない。

そんな挙動をどう判断したのか、彼は微《かす》かに瞳を細め、視線を逸らした。

「……いきなり動いては身体に負担がかかります。すぐにイライザが医師を呼んできますので、横になってお待ちください」

「え、ちょ……」

突然横抱きにされ、愕然とした。当然、人生でこんな扱いをされたことは一度たりともない。まして相手は見惚《みと》れるほどの超絶美形だ。

実里は面食いではないが、常軌を逸した美には流石に畏敬の念を抱く。尻込みすると言い換えてもいい。

美しいものは一定のレベルを突破すると、充分他者への威圧になり得るのである。

結果、生まれて初のお姫様抱っこで、無抵抗のままベッドに運ばれるという恥辱を味わう羽目になった。

――まさか身長百七十五センチの私を抱えられる男がいるとは……いや、この身体はたぶん百六十もないな。

予測を越えた事態にどう対処すればいいのか、完全に迷子だ。さながら借りてきた猫状態で実里はベッドへ横たえられた。

「お気持ちは察しますが、くれぐれも無理なさらないでください」

「え、ぁ、はい……」

しどろもどろの返事以外、いったい何を返せば正解だったのか、教えてほしい。

気まずく俯《うつむ》いた実里は、超高速で脳を働かせた。

――だから誰なの？　この男は！　勝手に女の部屋に入った不届き者なら返り討ちにしてやりたい。だけどこの言動は、おそらく私（の身体）を気遣っている？　だとしたら敵ではなく、味方……？

いくら考えても解答は闇の中。そもそも全くの他人であり、初めましてだ。

これでは手持ちのカードが乏しすぎて勝負も仕掛けられない。相手の戦法が不明な時は、まず様子見。先制パンチを放ってクロスカウンターを喰らっては話にならない。

実里は喚《わめ》きたくなる気持ちを堪え、現状把握に全力を傾けた。

そこへ医者らしき男を連れたメイド看護師――もとい、おそらくイライザが戻ってきた。

「ユーリ様！　いらしていたのですね」

「ああ。セレスティアの叫び声が聞こえ、思わず駆けつけずにはいられなかった」

「お嬢様が悲鳴を？　やはりどこか痛むのですか？　どうりでご様子がおかしいはずです。お医者様、診察をお願いいたします！」

イライザの言葉で、大きな鞄を持った初老の男がベッド脇の椅子に座った。色々と器具を出し実里の脈を取ったり舌を診たりする。促されるまま腕を出し下瞼《したまぶた》を押し下げられながら、実里は思考を巡らせた。

「イライザ、セレスティアはどうかしたのか？」

「はい、ユーリ様。お目覚めになってから、よく分からないことをおっしゃっています」

「そんな……精神的に不安定なのか？」

未《いま》だ謎だらけだが、一つだけ判明したことがある。どうやら男の名は『ユーリ』であるらしい。だがやはり自分とは無関係のものだ。

そう思い、実里が他に意識を移そうとした刹那、脳裏に浮かんだ映像があった。

最近ではない。遠い昔。もはや忘却の彼方に追いやっていた過去のこと。

口内でユーリの名前を数度転がし、実里は霞《かすみ》がかった思い出を引き寄せた。

養護施設の小さなテレビに群がる子どもたち。チャンネル権の争いは熾烈《しれつ》で、だいたいいつも同じ番組がかかっていた。

とくにアニメは人気番組でも、男女や年齢によって見たいものは変わってくる。それでも毎週大人気で、必ずかかっていたアニメがあったはず。

その中で『ユーリ』の名前に聞いた覚えがあったのだ。

——偶然？　でも私は本を読まないし、漫画だってろくに見ない。片仮名のキャラ名を知っているものの方が稀だ。

いわば物語に疎い。そんな状態で『ユーリ』の名は、『よくあるもの』とは思えなかった。むしろ珍しい部類ではないだろうか。

——あのアニメ、子供向けらしからぬ残酷描写やエグイ展開が話題だった……今なら規制がかかるんじゃないかってくらい。

大筋のストーリーは、聖女であるヒロインが斜陽の国を救うものだ。その過程で、王太子と結ばれ、最終的に国を滅亡させようとする黒幕を倒す。

そのラスボスである敵が、まぁ胸糞《むなくそ》ものだったのである。

倫理観が破綻しており、目的のためには手段を選ばない。それでいて表向きは理想的な紳士。貴族らしい威厳を漂わせ人望を集めつつも、裏ではあらゆる悪事に手を染めていた。

柔和な微笑みの下でどす黒い策略を巡らせ、幾度となくヒロインを窮地に追いやる。

しかもなかなか尻尾を掴ませず、何なら途中、主人公らの仲間にもなるのだ。最終的に裏切りが発覚した際には、テレビを見ていた子どもらから悲鳴が上がった。

影がありつつ寡黙で美形なキャラクターに、女児らは夢中だったのである。ヒロインのお相手である王太子と彼との間で人気は二分され、どちらが主人公に相応《ふさわ》しいか論争が起きていたくらいだ。

そんなこんなで子どもだけでなく大人も熱狂させた異色のアニメを、実里も何度か付き合いで見たことがあった。

だが横目で眺めた程度。嵌《はま》っていたとは言い難い。

それでも視聴者の情緒を乱高下させたラスボスの名前は辛うじて憶《おぼ》えていた。

闇を抱えた貴公子『ユーリ』。濡《ぬ》れ羽色《ばいろ》の黒髪に、獣の生命力と底知れなさを湛《たた》えた黄金の瞳。他を圧する美貌は、清廉潔白な王太子を凌《しの》ぐほど。作中でも、誰も彼もが息を呑まずにいられなかった。

聖女であるヒロインでさえ、初対面では赤面していたくらいなのだ。

そんなキャラクターがここにいる。実里の記憶違いでないのなら、設定に寸分違わぬ美麗な外見といで立ちで。これを全て気のせいと断じるには、実里の動揺する頭が許さなかった。

——待って。よく考えてみたら、セレスティアって名前も聞き覚えがあるような……？

あのアニメの本編は、もっぱら主人公にスポットが充てられている。そのため脇キャラのエピソードはあまり取り上げられない。

しかしながら絶大な人気キャラでありラスボスでもあるユーリの過去は掘り下げられていたのではなかったか。

侯爵家の主にして、絶世の美貌。最高の頭脳と謳《うた》われた知性。そんな人が、本来なら間違った道に進むわけがない。普通に考えれば、栄華を極め有り余る財産と権力を享受していたはず。にも拘《かかわ》らず何故悪の道へ踏み入ったのか。

——そうだ……そもそも彼は、侯爵家の直系ではなかった。

傍系の、貴族社会からは歯牙にもかけられない没落した家門出身。アンガスタ侯爵家の末端でしかなく、かなり遡《さかのぼ》ればようやく縁戚関係にある程度のか細い血縁。

絶対権力者であるアンガスタ侯爵家としては、半ば忘れていた路傍の石だ。ユーリの両親はとうに爵位を返上し、極貧生活を送っていたと聞く。

——そんな設定である彼が、アンガスタ侯爵家を継いだのは……

必然と悲劇が絡まり合った結果。

アンガスタ侯爵家には正当な後継者が一人いた。しかしその娘は病弱で、あまり長く生きられないと言われ、デビュタントすら行わず屋敷に引き籠っていたはず。

結婚させ配偶者や子どもに継がせようにも、その体力すら危うい。だからこそアンガスタ侯爵家の存続を危ぶんだ当主は、事前に策を講じていた。

一族の中から最も優秀で将来有望な若者を引き取り、いずれ養子として跡継ぎに据えると決めたのだ。虚弱で日常生活もままならない実子が息を引き取った後に。

——確か、そういう話だった。でもアニメの後半、明かされた真実では——

ユーリはアンガスタ侯爵家の実子が亡くなり自身に爵位が転がり込んでくるのを待ちきれず、自らの手を汚したのだ。つまり、どうせ放っておいても先が長くない病人を、冷酷にも殺《あや》めた。

苦いものが実里の胃の腑《ふ》からせり上がる。冷汗が先ほどから止まらない。心臓が脈打つ毎に頭痛は激しくなった。

——彼の回想が放送された時、凄惨なシーンに施設の皆は悲鳴を上げていた。

演出上、かなり暗い色調であったけれど、現場が血の海なのは子どもでも理解でき、本当にあれが夕方流されていたなんて、今では信じられない。

それでも大半の子が画面に釘付《くぎづ》けになり、実里も例外ではなかったのだ。

――適当に流し見していた私でさえ、あの回はつい見入ってしまった。

そのせいで、十年以上経った今でも忘れられずいたのだろう。

アンガスタ侯爵家の正当な跡取りに刃を突き立て、表情の抜け落ちた凄絶なユーリの美貌を。

そして無惨に殺された被害者の名前は。

――セレスティア・アンガスタ……

本編開始時に既に故人となっていた彼女の姿は、アニメで描写されていなかった。

最期の姿は、血に染まった長い髪と痩せこけ投げ出された腕が映ったのみ。流石に子ども向けでガッツリと遺体を登場させるわけにはいかなかったのか。

けれどほぼ黒と白で描かれた殺害現場は、幼心に衝撃を与えるには充分だった。もはやトラウマ級である。

目の裏に焼き付いたあのシーンがまざまざと思い起こされ、実里は息を乱さずにはいられなかった。

――あんなの、ただの昔のアニメでしょ？　いくら名前が一致していても、私には関係ない。でも……だったらこの状況はいったい何？

見知らぬ場所と自分のものではない身体。何が何だかまるで理解が及ばない。誰かに説明を求めようにも、どう事情を話せばいいのか実里自身にも分からなかった。

――小説や漫画なんかでよくある異世界転生？　そんなまさか。そもそも仮に万が一これが異世界転生だとして、間もなく殺される運命の上、室内移動も命がけみたいな弱々しいキャラになってどうする？　せめて無双させてくれよ！

いっそやり直しを求む。チェンジ機能はないのかと、実里は握った拳を震わせた。

「セレスティア……？　そんなに小刻みに震え、寒いのですか？」

もしかしたら今後自分を殺す男が、気遣わしげにこちらの顔を覗き込んできた。

黄金の瞳は本心を窺わせない。ひょっとしたら今この瞬間も、殺害の機会を狙っているのではと実里の背筋が冷えた。

――敵意や闘志には慣れているつもり。でもこの男からは何も感じられない。それが異様に気色悪い。

「体力が著しく落ちていますが、呼吸や心拍には異常ありません。ゆっくり休んで滋養のあるものをとってください。ただし最初は消化のいいスープからお召し上がりになっていただけますか」

「ええ。いつものように栄養あるスープをご用意します」

医者の言葉にイライザが大きく頷いた。本気で実里を案じてくれているのが伝わってくる。それが擽《くすぐ》ったく、実里はユーリに感じた薄ら寒さが僅かに和らいだ。

パニックになっては、敵の思うつぼだ。ここは少しでも冷静にならなくては。

実里はあまり真剣にアニメを視聴していなかったから、ストーリーの正確な時間軸は謎だった。現在は本編開始のどれだけ前なのか。彼の外見を見た限り、何年も離れているということはなさそうだ。最悪、近日中に刺殺される可能性だってある。

想像しただけで肌が粟立《あわだ》ち、実里は静かに目を閉じた。

「……休みたいので、一人にしてもらえますか？」

「そうですね。眠れるのなら休息をお勧めします」

「でしたらお嬢様がお目覚めになったらすぐ召し上がれるよう、スープを準備してまいりますね」

「……お大事になさってください」

それぞれ言葉を残し、医師にイライザ、そしてユーリの全員が部屋から出ていった。残されたのは実里一人。

それが、一週間前の出来事である。そして現在。残念ながら状況はたいして変化していない。

自分はかなり現実主義者だ。ファンタジーなんて信じていないし、馬鹿げた妄想に浸る趣味もなかった。

常識的に考えれば、これは中々覚めない悪夢かしつこいドッキリでしかない。いずれは終わりが来るに決まっている。そうしたら実里はこれまで通りの日常に、何事もなかった顔をして戻るのみだ。

——でもそうじゃなかったら？　……このまま私が殺されたらどうなるんだ？

命はたった一つしかない。喪《うしな》えば、ゲームと違ってコンティニューできないのだ。もしこの世界で実里の意識が宿る身体が使用不可になった場合、その後どんな展開になることやら。

無事実里の意識は元の世界へ帰れるのかもしれない。けれど違ったら、やり直しができる保証はどこにもなかった。

アニメのセレスティアは、過去のエピソードで触れられた程度の超モブキャラ。

与えられた属性は、『アンガスタ侯爵家の一人娘』『超病弱』『ユーリに殺された』のみ。いわばユーリの悪逆非道《あくぎゃくひどう》さを誇張して、退場することが存在意義でしかなかった。

お先真っ暗である。このままなら確実に実里は手も足も出ないまま、よく分からない世界で殺される。虚《むな》しく、悪役たる彼の踏み台になる運命だった。

「本気で戦って玉砕するならまだしも、一方的にやられるなんて屈辱以外何物でもないでしょ！」

拳を交えて敗北した結果ならばまだ納得もできる。だがやられっ放しは実里の性に合わなかった。

敵がいるなら打ち倒すまで。これまで実里はそうやって一人で生きてきた。

今回だってだいぶ素っ頓狂な事態になっているが、本質はきっと同じだ。

覚めない悪夢なら、その中で必死に生き残ってやる。漫然と死を待つなんて言語道断だ。

実里はベッドに横たわったまま、己の生存をかけた戦闘に闘志を燃やした。

第二章　最弱なご令嬢

詳しい事情はひとまず脇に置いておいて、実里は今、異世界でセレスティア・アンガスタとして生きている。そして命は風前の灯火《ともしび》だ。まずはその事実を認めなくては。

ぼんやり口を開けて待っていても、この危機的状況からは抜け出せない。元の世界へ帰れるのかどうかまったく予測もつかないものの、いつかチャンスが訪れると信じここで生き延びるしかないではないか。

ピンチにおいて、実里は意識の切り替えが早いのである。

己を悲観して嘆いていても意味がないと判断するや否や、この世界が夢かドッキリか、何故こんな事態になっているのかなどは、考えることをやめた。

真相を追究するよりも、現実を丸ごと受け入れる。その上で『生きる』ことへ力を全振りするのを決めたのだ。

——伏して耐えても、その前に殺されたら全てご破算だ。ふざけんな。

ならば今の実里にとれる対策は。

——せめて自力で自由に動けるようになり、この屋敷から脱出する！

セレスティアがユーリに殺された理由は、おそらく一刻も早く爵位を継ぎたい彼にとって、邪魔な存在と判断されたことによる。

——それなら、原因を取り除けば助かるんじゃない？　つまり私自ら消えてやれば、殺人なんて犯さずともユーリは後継者になれる。逃げた先で私はゆっくり元の世界に戻る方法を模索すればいい。

いくら稀代《きたい》の悪役と言っても、必要もないのに人殺しという多大なリスクを冒す馬鹿はいまい。セレスティアが目の前からいなくなれば、わざわざ探し出さないに決まっていた。こちらとしても、刺殺されるタイムリミットに追われながら解決策を求めるより、心に余裕を持てるはずだ。

じっくり腰を据えて調べれば、帰る方法が見つかるかもしれない。実里はその可能性に全力投球するつもりだった。

しかし問題は、一人で立ち歩くことも難しい体調である。

この身体は想像以上に脆弱で、日常生活すらまともに営めないのだ。

食事は小鳥が啄《ついば》む程度。少しでも多く食べれば、たちまち猛烈な吐き気と腹痛に襲われる。手足は枯れ木の如く細く脆《もろ》く、走りでもしたら全身骨折するのではないか不安になった。それ以前に、立っているだけでも昇天しそうなのだ。

動悸《どうき》息切れが激しく、簡単に意識が遠退《とおの》く。常に身体は怠くて、発熱していない日の方が稀だ。痛みが一つもない一日を、実里はセレスティアとして目覚めた日から迎えたことがなかった。

いつもどこかに不具合を抱えている。呼吸が苦しい日があれば、頭痛が止まない日もある。手足が冷えて眠れず、かと思えば朦朧としたまま数日が経過してしまうことも。

鍛えるどころの騒ぎではない。まずは人並に普通の生活を送れる健康を身につけなくては、逃げて安全に身を隠すなんて絵空事だ。

――手っ取り早く栄養をつけようとして肉を用意してもらったのに、匂いを嗅いだだけで吐き気を催すなんて、こんなことある？　以前の私であれば、肉なら何人前でも食べられた。でも今は脂っこそうな見た目だけで食欲が減退するなんて……一大事だ。

生き物の根幹は食べることだと思う。この欲求が衰えれば、自《おの》ずと生命力の枯渇に直結する。

実里はセレスティアの限界値を探る気分で、少しずつ食事量を増やすことから始めるのを決めた。

――私の自慢の筋肉は、いつ取り戻せるだろう。草ばっかり食べていても、パワー不足を解消できない。いや、焦りは禁物。日々の積み重ねが大事だ。

基礎訓練を舐めてはいけない。

胃腸を整えるのも鍛錬の一環だと自分に言い聞かせ、実里は絶望しそうになる心を奮い立たせた。

――スタミナをつけるんだ。直近の目標は息を乱すことなく一人でトイレに行って用を足し、戻ること。

低空飛行の目標に自分でも悲しくなったが、己を過大評価はしない。俯瞰《ふかん》して、現在の実里にはこれが限界だった。

せめて室内くらい誰の手も借りずに動き回れるようになる。期限は二週間を目安に。本当なら一週間にしたいところだが、無茶《むちゃ》ができない身体なのは目覚めてからの数日間で嫌と言うほど痛感した。

——強引に身体を酷使すると、その後反動で何日も寝込むことになる。それならゆっくりコツコツ着実にレベルアップしていくのが一番の近道。

最初の敵は己の消化器と定め、実里はどうにか本日の食事を胃に収めた。メニューは原形がなくなるまで具材が煮込まれたスープである。それに柔らかなパンを浸して食べるのだが、何度胸中で『病人か』と呟いたか知れやしない。

——実際病人なんだけど、でも完食してやった。私はこの勝負に勝った。どんな戦いにも負けたくない。

傍から見れば小さな器に盛られたスープと手のひらサイズのパンを食べきっただけだ。

しかし実里の達成感は多大なるものだった。

一昨日も昨日も食事を残すという失態を犯し、やや心が折れかけていたのだ。今日はようやくスタートラインに立てた気がする。小さな勝利でも成功体験の積み重ねは大切だ。実里は満足感を噛《か》み締《し》め、イライザに食器を下げてもらった。

——この調子で食べられるようになったら、自ずと体力も回復する。よろめかず立ち上がれるようになるまで、あとひと踏ん張りだ。

それができたら次は歩く距離を伸ばしてゆく。室内を問題なく動けるようになれば、外へ出られる日も近い。太陽光を浴び新鮮な空気を吸い込めば、免疫力だって上がるに違いなかった。

——目標を一つずつこなしていくのはいい。着実に前へ進んでいるやり甲斐《がい》を感じる。

勿論最終目標は元いた世界に帰り、キックボクシングのプロとして活躍することなので、今はまだ遠すぎる夢にしり込みしそうになるが、改めて目的を設定すると実里は気が引き締まる心地がした。

——ここがアニメの世界だとしても、諾々《だくだく》と殺されるなんてまっぴらごめん。ストーリーもフラグも私が薙《な》ぎ倒《たお》してやる。

今のところ最大の懸念であるユーリとの接触はほとんどなかった。

精々、数日おきに薬を飲んだかどうか確認される程度だ。

——しかし放っておいても死にそうな女性に止めを刺すなんて、今考えても完全に鬼畜の所業だな。子ども向けアニメ、大丈夫?

とにもかくにも彼との接点は最小限にし、いっそこのままセレスティアの存在自体忘れていてくれないかと願い、実里は体力増幅に励んでいたのだが。

「——セレスティア、お加減はいかがですか」

腹を摩《さす》って満腹感を味わっていた実里は、硬直した。今まさに『このまま縁が途切れないかな』と考えていた男が、扉を開けて現れたからである。

——何で目障りな私に絡んでくるんだ?

お互い、交流してもいいことなんてないだろうに、いったいどういう了見だ。理解不能なユーリの行動に慄《おのの》いて、実里は顔を引き攣らせた。

「……本日は食欲があると伺っていたのですが、突然訪ねて申し訳ありません」

「ぁ、いや……気にしてくださって、ありがとうございます」

実里の表情から彼の来訪を歓迎していないことが伝わったのか、ユーリの瞳が微かに陰った。

本心はどうあれ、見舞いに来てくれた人を邪険にするのは失礼だ。裏では『セレスティア、なかなか死なないな』と思われていたとしても、ここは表向き礼を言っておくべきだろう。

咄嗟《とっさ》にそう判断し、実里は歪《いびつ》な笑顔を形作った。

「久しぶりに会ったので、驚いただけです。どうぞ座ってください」

「……よろしいのですか？」

心底驚いたように彼が双眸を見開く。何だその反応はとこちらが怯んだほど。思わず実里もぱちくりと瞬いてしまった。

――ん？　セレスティアとユーリは、もっと他人行儀な距離感だったの？

だとしたら、しくじった。部屋にやって来るくらいだから、雑談程度は交わすと思ったのだが。

万が一この身体に宿る意識がセレスティアではなく赤の他人だと知れたら、ストーリーにどんな変化があるか分からない。最悪、即殺害ルートも否定できなかった。

――危なっ。やっぱり可能な限り顔を合わせないのが正解か。イライザはセレスティアの変化を、『お元気になられて嬉《うれ》しいです』で片づけてくれているけど、他の人間は不審がるかもしれない。

何せ自分は貴族らしい振る舞いなんて知らないのだ。身に着けている礼儀作法も現代日本のもので、それすら充分とはとても言えなかった。

――異世界転生のお約束では、チートな能力で初めから問題なく生きられたりするものじゃ？　なのに私は今にも死にそうな身体で知識はなく、覚えているのはユーリにいずれ殺されることだけなんて……ハードモード過ぎない？

理不尽さに、恨み言の一つも言いたくなる。もしこの世に神とやらがいるなら、絶対に一発は渾身の一撃をお見舞いしたいと実里は思った。

理由の説明すらなく一人異世界へ放り出された不安と怯えを、実里は漲《みなぎ》る闘争心に変える。泣き寝入りなんて、決してしてやらない。敵が神であっても己の前に立ちはだかるなら、倒すのみ。怖気《おじけ》づく暇があったら、怒っていた方がよほど元気が出る。そう己を鼓舞して実里は自身の拳を強く握った。

――セレスティアがほとんど屋敷を出たことがなく、親しくしている友人もいないことがせめてもの救いだ。アンガスタ侯爵家の両親は病弱な娘に関心がないのか、ちっとも会いに来ないし。だからこそこれまでは、身の回りの世話をしてくれるイライザに対してだけ気を付けていればよかった。

だがそこにユーリが加われば、計画の立て直しを余儀なくされる。

自分で引き留めた形になったことは棚に上げ、実里は彼に一秒でも早く部屋から出てってもらうにはどうすればいいか思案した。

——直接的に『出ていけ』って言ったら角が立つじゃ済まないな。下手したらユーリを怒らせて殺害スイッチを押す結果になる。ここはご機嫌を取るのが得策かも。

実里は頭を使うのは苦手だが、そうも言っていられない。生き残るために拳を揮《ふる》えない今、嫌でも知恵を巡らせるしかなかった。

——敵に媚《こび》を売るのは業腹《ごうはら》だけど、命には代えられない。やってやる。

軽くジャブを放ち対戦者の反応を見るつもりで、実里は会話のきっかけを探した。当たり障りのない天気の話などした後、『疲れた』とでも告げれば、彼を穏便に部屋から追い出せるだろう。

しかし。

「……セレスティア、何か好きな食べ物はありますか?」

「へ? 食べ物?」

先にユーリから話題を提供された上、想定外の質問に一瞬思考が止まった。

何の質問をされたのか、数秒理解できない。しばしの沈黙を経て、やっと実里の頭に意味が浸透してきた。

「えぇっと……き、嫌いなものはありませんよ?」

出されたものは何でも食べる。それに、この世界の料理についてろくに知らないため、具体的な名前なんて思い浮かぶはずがなかった。おかげでふわっとした答えしか返せない。

——不味い。まさか探りを入れられている? 私がセレスティアじゃないことに気づいているんじゃ……

ざっと冷汗が背筋を濡らしたが、実里は表面上平静を装った。ここで馬脚を露せば、『死』一直線。疑いの芽は可及的速やかに摘み取らなくてはならなかった。

「な、何故急にそんなことを聞くんです？」

「食欲があるなら、好きなものを食べてほしいと思いまして。今まで貴女《あなた》は食事よりも薬の量の方が多いくらいでしたし……セレスティアが元気になるための手伝いを、私にもさせてくれませんか？」

――つまり要約すると、『元気になってないで、早く死ね』ってこと？

曲解甚だしいが、無表情で言われるとそうとしか解釈できなかった。じっと見つめられるのも、空恐ろしい。

――いくらセレスティアの死を願っていても、ユーリが差し入れた食べ物であの世へ逝ったら、流石に疑惑の目が向けられると思うけど……この腹黒策士キャラがそんなあからさまな手を使う？

殺るならば、もっと足がつかない確実な方法を選ぶのではないか。

アニメでは血みどろの刺殺だったが、きちんとアリバイ工作はしており、誰も彼が犯人とは疑いもしなかったのだ。

――だったら、この申し出は近々の危険とは言えない。むしろ平和的に応対して、『セレスティアはお前の障害ではないぞ』アピールの場にすべき？

いきなりブスリと刺されたくない実里は、慎重に吟味した。

――かつての私なら迷わず牛肉一択。でもセレスティアには似合わない。それに今は前ほど血の滴るステーキへの渇望もないし。最近の私が食べたいものは……

「……新鮮な果実、ですかね。甘いものが食べたいです。けれど焼き菓子やクリームは重くて」

以前なら、果物はさほど好きではなかった。身体にいいから摂取するだけ。自ら進んで買うには、高価だったのも避けていた理由の一つだ。だが今はあれらが無性に食べたくなっていた。

不思議と甘いもの自体も嫌いではなくなりつつある。

「果物ですね。分かりました。すぐに取り寄せます。特に所望するものはありますか？　この時期ですと葡萄《ぶどう》が旬ですが、お望みのものがあれば異国からでも手に入れて参ります」

「え、そんな無理をしなくて結構です。その辺で売っているもので充分……ぁ、いえ気を遣わないでください」

ユーリの妙なやる気に圧され、実里はつい砕けた物言いをしてしまった。貴族令嬢が『その辺』なんて、普通は口にしないだろう。

一応言葉遣いには気を配っているつもりでも、長く会話していると粗《あら》が出てくる。元来、お上品さとは縁遠い生活をしてきたので、基本が身についていないのである。

――ヤバい。これ以上喋っていたら、余計に怪しまれそう。これは早急に出て行ってもらわないと。

チラッと彼の様子を窺えば、やや驚いているようにも見える。さりとて表情が乏しすぎて、確証は得られなかった。引っかかっているのか、いないのか。黄金の瞳からは読み取れない。

麗しい形に閉じられた唇も本心を掴む手掛かり足り得ないのだ。

——お願い。聞き流してくれ。

実里の秘《ひそ》かな願いが通じたのか、ユーリは雑な言葉選びを問《と》い質《ただ》してくることはなかった。

それどころか「果物か……」と思案しているようである。

「あ、本当に気を遣わないでください。別にどうしてもという話ではないので……」

「いえ、セレスティアが初めて私に教えてくれた食べたいものですから、必ず極上の品を手に入れてみせます」

そこまで気合を入れなくても、という困惑は言葉にする間がなかった。実里が何か発言する前に、彼が腰を上げたためだ。

「楽しみにしていてください」

「へ、は、はい？」

男の顔にうっすらと滲《にじ》んでいるのは、笑みか。初めて目撃するそれに、実里は虚を突かれた。

——へぇ、笑うんだ。

いくらアニメのキャラクターでも人間なのだから、そりゃ笑顔くらい見せて当然かもしれない。

だが実里の知る限り、ユーリの柔らかな微笑みは初めて目にしたものだった。

ひょっとしたら幼かった実里が視聴していなかった回に、彼がアニメで満面の笑みを浮かべた可能性はある。しかしテレビに映し出されていたのは、生真面目で陰鬱《いんうつ》な——どこか悲しい顔ばかりだった。

いわゆる影。

ヒロインに想《おも》いを寄せる王子様の、明るい力強さとは対極にある――

――いや、待って。そういえば笑った顔も……――思い出した。一回だけ見たわ。確かセレスティアを刺殺した際、無表情から急にめちゃくちゃ悪人の顔で笑っていたわ……

思い出さなきゃよかったと考えたのは、仕方あるまい。

あの時の目がイってしまっているユーリの表情は、流石に実里も恐怖を感じた。『ああ、この件がきっかけで、本格的に悪の道に進んだのだな』と分からせてくる狂気を帯びていたのだ。

――重ね重ね、夕方の時間帯子ども向けアニメとして大丈夫？　いや、今更そんなことゴチャゴチャ考えてもどうにもならないんだけどさ……

立ち上がった彼をそっと盗み見れば、ユーリがこちらの視線に気づいたのか黄金の眼差しを向けてくる。

底が窺《うかが》い知れない双眸に呑まれかけ、実里は慌てて腹に力を込めた。

「……本当に、セレスティアが少しでもお元気になられてよかったです」

「あ……心配してくれて、ありがとうございます」

本音はどうあれ、こちらを案じてくれた様子の彼に実里は礼を述べた。そうすれば会話が終わり、ユーリを穏便に退出させられると計算したのもある。

緊張感と据わりの悪さを煮詰めた時間はこれで終了。ほっと気が緩みかけた瞬間。

「……これからも、セレスティアが心穏やかに過ごせる日が一日でも長く続くよう願っています」

「……っ？」

驚いたのは、如何にも裏がある脅しめいた台詞のせいではなかった。

ユーリが実里の手を取り、その甲に口づけを落したからだ。

思いの外柔らかな感触。仄《ほの》かな温《ぬく》もり。しっとりとした接触は、刹那のもの。

それでも皮膚に残る感覚は、いつまで経っても消えなかった。

「な、に……を」

「今日はこれで失礼します。お加減がいいようでしたら、また明日伺います」

明日の約束は彼の中で決定事項なのか、こちらの返事は望んでいないらしい。実里が何か言う前に、ユーリは足取り軽く部屋を出ていった。人生初の気障《きざ》ったらしいことをされ、呆然自失の実里を残し。

――はい？　何、今の。キスした？　手に恭《うやうや》しく口づけされたの、私？　へ？　本当に？

これが敵意や害意を向けられたのなら、すぐさま迎撃態勢を取れたと思う。油断だってしなかった。

ところが表向き案じているのを装われ、あまつさえ手にキスされたのだ。

恋愛偏差値が低いどころか、試験にエントリーもしていない身としては、完全に心と頭の許容範囲を超えていた。

「ぉ……おおお……」

困惑。動揺。惑乱。

美しいセレスティアの唇からこぼれたとは信じられないドスのきいた呻《うめ》きを漏らし、実里は中途半端に手を持ち上げたまま固まっていた。

言わずもがな、ユーリに取られていたままの形である。筋肉が強張って、指一本動かせなかった。それなのに、キスされた箇所がいつまでも疼《うず》くのだ。

――これは……現実？　悪夢が深まった？

しかし全て幻だと断じるには、生々しい余韻が自らの手に鎮座している。火照った全身も一向に静まることがなかった。むしろどんどん過熱してゆく。いっそ発火するのではないか不安になるほどに。

……なるほど、こういう手練手管で彼はアニメの主人公を籠絡《ろうらく》したのか。はぁ、これじゃ大抵の女はコロッと騙《だま》されそう。だけど、舐めんな。私はそんなにチョロくない。

などと強気で嘲笑《あざわら》おうとしても、実里の頬は真っ赤に染まっていた。心音も尋常ではないスピードで脈打っている。

だがそれを全力で無視し、無理やり真顔を形作る。ギギギと異音がしそうなくらいぎこちなく手を下ろして、さも平気そうに一息ついた。慌てふためいては沽券《こけん》にかかわると心のバリケードを張り巡らせ。

――自分がイケメンだと自覚している男って、質《たち》が悪い。絶対女を操って利用するのに慣れている。危ないから、今後はよりユーリと関わらないように気をつけねば。偏見塗《まみ》れの確信で、実里は少しでも冷静になろうと試みた。

――同じ屋根の下で暮らしていると言っても、二人は本来あまり親しくないみたいだ。うん、もし見舞いに来られても『体調が悪い』と告げれば会わずに済むはず。

そんな決意を新たに固めたのが数日前。

残念ながら五日も経たないうちに、実里の決意は脆くも崩れることとなった。


「セレスティア、くれぐれも無理はしないよう言ったじゃありませんか」

「いや、無理なんてしていませんが……」

「先ほど階段の上で足を縺《もつ》れさせたのに、何をおっしゃっているのです？　万が一落ちたら無事では済みませんよ。そもそも階下に行こうとなさるなんて、無謀にもほどがあります」

――いや、自分の家の一階に行こうとしただけでしょ？

いくら広くて何部屋あるのか計り知れない巨大邸宅であっても、家は家だ。セレスティアにとって生まれ育った実家。その中で自由に動いていけない決まりはあるまい。

実里はユーリの糾弾に不満を隠しきれなかった。とはいえ、階段上で眩暈を起こして助けられたのは事実である。

――フラッとしたところを支えてもらったのは感謝している。でも、その後横抱きで寝室に即連れ戻されたのは、納得できない。

立ち上がっても息が切れなくなり、実里は室内ならば危なげなく動けるようになっていた。ただし杖《つえ》なり身体を支えるものは必要だ。

それでもトイレに行って危うく死にかけたひと月前を思えば、格段の進歩である。

この肉体が着実に使い物になってきて、実里は本日、満を持して部屋の外へ出た。初めて目にする寝室の外に妙な感激を抱いたのは、ままならない生活に少なからず嫌気がさしていたせいだろう。

腹筋やスパーリング、走り込みをしない毎日なんて、実里には地獄も同然なのである。

アニメで見た異世界で目覚め実にひと月。

未だスタートラインに立てず足踏みしていたけれど、ようやく『自らの足で移動する』スキルを得たのも同然。もっとも、そう考えた直後には『目標が低い』と自分に突っ込まずにはいられなかった。

――でも、この脆い身体との付き合い方も段々分かってきたな。

相変わらず手足は愕然とするくらい細いものの、冷え切っていた指先はほんのり温もりを取り戻した。

ベッドから起き上がれない間も、足首を回したり拳を強く握ったりなどの運動を欠かさなかったおかげだ。

食事量が増えつつあることを、イライザも喜んでくれている。ならば実感だけでなく他者から見てもセレスティアの肉体は健康に向かっているに違いなかった。

そこで次の段階へ進むべく、実里は歩く距離を増やそうとした次第である。

部屋の中をグルグル回ってもたかが知れている。それ以前に景色が変わらないのがつまらない。外の空気だって吸いたかった。

——一番の目的は、屋敷の間取りを把握して、いつか脱出する際の参考にするためだけど……

実里がイメージするところの『ヨーロッパ貴族の邸宅』は途轍《とてつ》もなく広大な敷地に、意味不明なほど部屋数があるものだ。場合によっては長い年月の間に増築と改築が繰り返され、主であっても把握しきれていない場所もある。以前何かで見たドキュメンタリーでは、隠し通路や牢《ろう》などもあったはず。そんなところで無知な人間が一人迷子にならないわけがない。下手をしたら、遭難して死ぬ。初見殺しも甚だしい。

——本当か嘘か知らないけど、侵入者対策の罠《わな》なんかもあるかも。

どちらにしても情報は大事だ。初めて対戦する相手のデータは念入りに調査するのが当然。ノーガードで突っ込むほど、実里は無謀ではなかった。

そして本日数時間前、イライザの目を盗んで一人邸内探検を試みたのである。

初めのうちは順調だった。セレスティアの寝室が三階にあることと、同じ階に彼女の両親の居室があるのも突き止めた。

更に警戒していたほど入り組んではおらず、建物の中央にある大階段を起点に、左右へ広がる形の建物であるのも理解した。

——お金持ちは一口に『部屋』と言っても、寝室の他に衣裳《いしょう》部屋やら応接間やら娯楽室なんかをそれぞれ持っているのは衝撃的だった……いや、無駄じゃない？　もったいない。皆で共有すれば余計な経費も掛からないだろうに。冷暖房費だって馬鹿にならない。

長い廊下には様々な絵画や彫刻が飾られている。それらを掃除するだけでも、いったいどれだけ人手が必要なのか。考えただけで、空恐ろしくなった。

──金持ちアピールにしか思えない。

フロアを下りた実里は、二階が図書室や大広間、客間などに充てられているのを確認して、いよいよ外へ繋がる一階へ下りようとし、その時に貧血を起こしてよろめいたのである。

結果、まんまと後ろに立っていたユーリにあえなく捕獲された。

──周囲には誰もいないのを確認していたつもりだったのに、ユーリの気配を見落とすなんて、私としたことが……！

悔しい。まさかここまで勘が鈍っていたとは。以前の実里であれば、危険な相手が接近してくれば、すぐに気づいたものを。

しかし落ち込んでいても仕方ない。速やかにセレスティアの寝室へ連行された後、彼からの説教を喰らい、実里は右から左に聞き流していた。

「あぁ、本当すみませんでした。以後、気を付けます」

誠意の籠《こも》らない謝罪である。それはユーリにも伝わってしまったらしい。彼が黙り込んだことで実里は『不味い』と悟った。

――しまった。あまりにも小言が長いから、ついうんざりして……

何とか挽回《ばんかい》せねば。焦り、話題転換を図る。だがもともと饒舌《じょうぜつ》な性格ではない実里は、思いっきり言葉に詰まってしまった。

――普通の会話だって苦手なのに、貴族のやり取りなんて難易度が高い。

落ちたのは、沈黙。二人とも無言のまま、どれだけ時間が経ったのか。

重苦しい静寂の中、先に音を上げたのは実里だった。

「……あの、支えてくれたのはありがたいですが、私は大丈夫です。あの時も階段から落ちる前に、手すりに掴まりしゃがむつもりでしたから。身体を鍛えるためには、人の手を借りてばかりはいられません。自分でできることは自分でしないと」

「……つまり、これからは余計な手出しをするなとおっしゃりたいのですか？」

かなりオブラートに包んで遠回しに告げたつもりだったが、ユーリは直球に問い返してきた。

そうズバッと聞かれると、こちらとしては『はい』も『いいえ』も言い難い。

日本人的『察しろ』は、彼には通じないらしく、実里の方が瞳を泳がせてしまった。

こちらが悪いことをしているみたいではないか。ユーリの方がこれから『殺人』に手を染める極悪人なのにも拘《かか》わらず。

「……見守っていただけたら、もっとありがたいです」

婉曲《えんきょく》に返事をし、実里は内心拳を握りしめた。

今のはかなり上手い返答だったはずだ。相手を否定したり責めたりするのではなく、あくまでも感謝しているのを前提に、関わってくれるなと釘《くぎ》を刺せた。

——これで私に関わろうと思わなくなってくれ。もう少ししたら、君の前から消えてやるからさ。

それまでは仮初でも平和を維持したい。極力刺されるリスクを減らしたくて、実里は懸命に笑顔を作った。

「貴方《あなた》は他にやるべきことがあって、お忙しいでしょう。——アンガスタ侯爵家のことをよろしくお願いしますね」

——上手い、私！　ユーリを気遣いつつ、私はお前の障壁にはなりませんよと匂わせている。ふっ、こんな迂遠《うえん》な会話術ができるなんて、自分でも知らなかった。今までは頭を使うよりも拳で語った方が早かったから、つい先に手が出ていたけど、なかなか駆け引きも悪くないじゃない？

実里が秘かに悦に入っていると、表情を消した彼がじっとこちらを見つめてきた。

黄金の視線が突き刺さる。こちらの内側まで抉《えぐ》り出《だ》されそうな鋭さに、つい口元が引き攣りかけたが、そこは根性で笑みを湛《たた》え続けた。

「ユーリにしか、託せませんもの」

——そして私は煩わしい世界からオサラバする。衣食住が保障されていても、いつブスリと殺られるか気が気じゃない場所に留まる気はない。

陰鬱な屋敷の中に閉じ込められるのも苦痛だ。考えたくもないけれど、仮にこのまま元の世界へ戻れなかったとしたら、ここで一生を終えるのは耐え難かった。

せめて自由を満喫し、好きなように生きたい。誰かの意図に翻弄され、生殺与奪権を握られるなんてもっての外。甘んじて受け入れれば、肉体よりも前に、心が死んでしまう。

たとえ身体がセレスティアのものであっても、実里は実里だ。

最期まで、そこだけは譲れないと思った。

「セレスティア……それは、貴女の本心ですか……？」

「ええ、勿論です」

そこは一ミリの誤差もなく本音なので、実里は堂々と顎を引いた。

アンガスタ侯爵家の家督なんて、喜んでユーリに譲る。両親だってそのつもりで彼を呼び寄せたのだし、特に何もせず待っていれば、必ず辿《たど》り着く運命なのだ。

故に焦るなと意味を込め、実里はより口角を綻《ほころ》ばせた。

「貴方が爵位を継いでくれるのなら、私は安心してここを去れます」

「何ということをおっしゃるのですか……っ、冗談でもやめてください！」

「へ？」

愕然とした様子のユーリに実里は面食らい、今の自分の言い方だと『屋敷を出ていく』ではなく『あの世へ逝く』と解釈されたのだと思い至った。

——あ……確かに、この流れだとそう思われても仕方ないかも。セレスティアは長くは生きられないと診断されているんだった。

「不吉なことは口にしないでください。セレスティアは必ず健康な身体になります。近頃は熱を出して寝込む回数が減っているではありませんか。先日お渡しした果物は完食できたと、イライザから聞いております」

「え……はぁ、それはそうですが」

――いずれ私を殺すくせに、何故そんなことを必死に言うんだ？　まるで本気でセレスティアを心配し、長生きするのを願っているみたいに……いや、これも計算？

鳩《はと》が豆鉄砲を食った気分で、実里は唖然とした。

敵の出方があまりにも想定外で、どう反応していいのか分からない。本音と建て前を使い分けられる器用さがない実里には、相手の心の内を推し量るのも難しかった。

――正直、何が真実で何が偽り？　ユーリのセレスティアに対する気遣いが丸ごと嘘なら、演技力が凄《すさ》まじいな……そりゃ主人公たちも全員騙されるわ。

自分は今後の展開を知っているから警戒できるけれど、何も予備知識がなかったら彼の掌で転がされるのは避けられそうもなかった。

それほどに基本表情が乏しいユーリが滲ませる微かな苦悩は、印象的に心を抉《えぐ》る。

僅かに寄せられた眉根も。震えて見える口元も。何より、ほんのり細められた真剣な瞳が。

実里の視線を惹きつけてやまないのだ。圧倒され、吸い寄せられた。

――こんな人が本当にセレスティアを殺すのか……？

愚かにもそんな考えが浮かぶほど。

――いや、あのアニメで彼の役回りは、完全無欠の悪役。罪悪感なんて微塵もなくラスボスに相応しい冷酷さで、主人公たちの前に立ち塞がったじゃない。ちょっといい人かもなんて、簡単に絆《ほだ》されては駄目だ。

ゆっくり呼吸して、実里は己を律した。

仕切り直して会話の主導権を握らないと、気圧《けお》されそうになる。落ち着け、と己に言い聞かせ次の一手を探っていると。

「身体を動かしたいのであれば、私が付き添います。一人で動き回ろうとしないでください。もし今後今回のようなことがあれば、目を離したイライザを叱責しますよ」

「えっ？」

今のは脅しだろうか。要約すれば、『勝手に出歩いてんじゃねぇ。俺の監視下以外で行動できると思うなよ。イライザは人質にとったぜ』ということか。

――完全に極悪非道な悪役だ。

いっそ清々《すがすが》しいほど。

つい絶句した実里だが、黙っていては押し切られると察し、全力で反論を捻《ひね》り出《だ》した。

「イライザは関係ないでしょう？」

「ありますよ。彼女はセレスティア付きのメイドです。主の安全と健康には気を配る義務がある。仕事を怠ったのなら、相応の罰を受けるべきです」

「それを言うなら、自分自身が一番気を付ければいいことだわ。私はもし己の行動の結果体調を崩したり怪我をしたりしても、他人に責任を求めはしません。見くびらないで」

自らの行為により生じたことは、全て実里の問題だ。イライザに過剰な義務を負わせる気はなかった。

――そういう世界観だとしても……気分が悪い。無茶をした私のせいでメイドが罰を受けるなんて、理不尽だ。それを当然と考えるユーリも、胸くそ悪い。

「私は自分の尻くらい自分で拭ける」

「し、尻？」

「あ」

やってしまった。

憤るあまり、実里は普段通りの言葉遣いを漏らしてしまった。深窓の貴族令嬢が『尻』なんて自信満々に口にするわけがない。

下品な単語がセレスティアの唇から吐き出されたのが信じられないのか、彼は呆然としていた。

「し……せ、責務です責務！　いやだわ、何て聞き間違えたんですか？　私は責務を果たすと言っただけですよ」

「……確かにセレスティアが尻なんて言うはずがありませんね……どうやら僕の空耳のようです」

わりとあっさりユーリが納得してくれて助かった。それとも困惑し過ぎて、考えるのが億劫《おっくう》になっただけかもしれない。

人間、想像の斜め上の事態にぶち当たると、思考力は鈍るものだ。正常性バイアスにより、己に都合よく解釈するのもよくある話。彼にしてみればセレスティアがまた乱心したと判断するより、自分の耳がおかしくなったと思った方が楽だったらしい。

「ええ。ユーリは疲れているのではありませんか？　毎日勉強や社交を頑張っていらっしゃいますものね。貴方がとても努力していることを、私は知っています。お父様も安心していることでしょう」

――実際、彼の努力は本物だ。困窮した実の両親を養うために必死で頑張っている。一族の中にはユーリを認めず、足を引っ張ろうとする輩が大勢いて、その中できちんと結果を出しているのは偉い。

身体の弱い実娘を早々に見限るセレスティアの両親ならば、彼が期待通りの成果を上げなければ、すぐに別の候補者を立てるに決まっていた。

誰よりも優秀であることを示し続けなくては、ユーリにアンガスタ侯爵家での居場所はないのだ。

――考えてみたら、この人も可哀相《かわいそう》だな。セレスティアが生きている限り自分の立場を脅かされる危険は消えない。だからこそ手っ取り早く殺っちまおうと考えたのかも。……だからって大人しく殺されてやる気はないけど。

同情はする。しかし実里が犠牲になる気は毛頭なかった。

――モブだからって、主要人物の引き立て役になる気はないんだよ。争いごとなら、私に無関係のところで繰り広げてくれ。

上手くごまかせたようで実里はホッと息をつく。しかし一難去ってまた一難。

またもや苛烈な眼差しを彼から注がれ、喉奥が「ひょっ」となった。

——殺気は籠っていないけど、何だこの突き刺さる視線は！　せめて瞬《まばた》きしろ。瞳孔開いていないか？

「……僕は頑張っていますか……？」

「え？　それはもう……ここに来てから三か国語を話せるようになり、歴史や芸術、法律に経営学まで、全て教師が舌を巻くほどだと聞き及んでいます。誰にでもできることではありませんわ。人に言えない苦労も沢山あったでしょう。それでも貴方は一度も弱音を吐かなかった。尊敬しています」

正確には聞いたのではなくアニメで言及されていたのだが。

アンガスタ侯爵家に来る前から神童と謳われていたユーリは、金に糸目をつけず学べる環境を得て、爆発的に才能を開花させた。

礼儀や所作、気品も申し分なく、生まれた時から良家の子息であったかの如く。

ストーリー上サラッと触れられた程度だが、その裏には相当な彼の努力があったはずだ。

だからこそ実里は、ごく当たり前のこととして、ユーリにそう告げたのだが。

「……ありがとうございます」

次の瞬間、目を疑う光景がそこにはあった。

はにかんだ彼が頬を染める。柔らかく細められた瞳は剣呑《けんのん》さが欠片《かけら》もなく、急にあどけなさを滲ませた。

硬質だった空気が一気に変わり、華やいだものになる。常に翳《かげ》りを宿していた黄金の双眸が煌めいて、実里はしばし瞠目《どうもく》した。

――こんな顔もするんだ……

ただ微笑んだよりも破壊力がある。心臓を鷲掴《わしづか》みにされた心地で数秒間身じろぎもできなくなった。

「まさか誰かが……それもセレスティアが僕をそんな風に認めてくれているなんて思いませんでした。侯爵様の期待に応えるのは当然だと見做《みな》されているのかと……ありがとうございます。とても、嬉しい。これまでの全てが、報われた気がします……」

「お、お礼なんて……」

「いいえ、言わせてください。ずっと貴女には疎まれていると思っていました。ですが他の誰よりもセレスティアが僕を理解してくれていたんですね……」

照れているのか、ユーリが視線を伏せた。それでも目尻がほんのり赤いのは、隠しようもない。どこか嬉しそうな風情もだ。

――これが演技だったら、天才的名優に間違いない……

今この瞬間だけを切り取れば、彼がこれから犯す数々の犯罪や非道な振る舞いが信じられなかった。いとも簡単に人を殺め、裏切り、冷笑を浮かべて心を弄んで。それでいて金や権力に固執するのでもなく、『暇潰し』と言いたげに手に入れたものをぞんざいに切り捨てた。

他者の善意や好意を利用し尽くし、最期まで空虚な瞳をして本心を語らなかった人物。

ユーリはそんな外道ではないと、よく知らないくせに庇《かば》いたくなる。

実里は自分が知るアニメのストーリーやキャラクターとの齟齬《そご》に混乱した。

あんな結末に至るのは何かの間違いでは？　とつい考えてしまうのだ。

彼の、感情を表に出さず寡黙なところは、アニメの設定と相違ない。しかし実里の印象では『本性を隠している』というよりも『表現するのが苦手』に感じられた。

垣間見《かいまみ》せる表情や、言葉の端々に宿る気遣い。ふとした際の視線の行方。それらからユーリの『優しさ』を嗅ぎ取ってしまうのは、自分の見当違いな希望でしかないのかもしれない。

それでも可能性を否定しきれない程度に――実里の心が揺さ振られているのは事実だった。

――この部屋に飾られた花は、彼が摘んできたものだとイライザが言っていた。私が目を覚ました翌日からずっと、届けてくれていたって。

実里の視界の端に、花瓶に活《い》けられた黄色い花が映った。

当初は気に留めていなかったが、日々愛らしい花が飾られ、あまり動けない実里をいつしか慰めてくれるようになったのだ。これまでの人生、花を愛《め》でる心の余裕なんて持ち合わせていなかった分、自分の変化に驚いてもいる。

身体が重くて怠い時には匂いですら負担に感じるものだが、部屋の片隅に置かれた花はいつもほんのりとした優しい香りを放っていた。それこそ、近くまで鼻を寄せなければ分からないほど。

ある時、窓から望む庭園に咲き誇る華麗な花々とは違うと気がついて実里がイライザに問えば、『ユーリ様が直々にご用意されています』と教えてくれた。

それで初めて、彼が可憐な花をわざわざ手に入れてくれていたのを知った次第だ。

しかもこれ見よがしに『やってやった』とアピールすることもなく。もしセレスティアの信頼を得て利用するつもりなら、絶好の売り込みチャンスだろうに。

にも拘らず、あくまでひっそりと。こちらの耳に入ることを期待もせず。

ならば目的はセレスティアの歓心を得ることではないはず。悪意のフィルターを通さず純粋に考えるなら、そこに横たわっている感情はひたすらに『相手を喜ばせたい』というもの。

悪の権化のような人間が、そんな無駄な行動をするのは不可解だ。整合性が取れないし、物語が破綻していると言っても過言ではなかった。

——このままストーリーが進行し、この人が血も涙もない裏で暗躍する人間になるとは思えない。

何だろう……ユーリが変わってしまうきっかけでもあったんだろうか。

だとしたらそれは、セレスティアの生前だったはず。

アニメでは彼女の殺害により、彼が完璧な悪として完成されたかに見えた。つまりもっと前にセレスティアを気遣う優しい面をなくし、邪魔者を平然と排除する性格に変わったのでは。

——いったい何があったら、そこまで人格が激変するんだ。そこ、ちゃんとアニメで描いてよ。それとも私が見ていなかっただけ？　いや、子ども向けアニメなら、分かりやすく作らなきゃ駄目じゃない？

怒り交じりに実里は胸中で悪態をついた。

かつて、適当に流し見していたことが悔やまれる。どうしてもっと真剣に視聴しておかなかったのか。今更後悔しても後の祭りだが、地団駄を踏みたい気分だった。

――でも、待てよ。そういうことなら別のやり方で危機回避する方法もあるんじゃない……？

今のままでは、セレスティアの身体が丈夫になり、アンガスタ侯爵家を出奔できるようになるまでどれくらい時間がかかるか未知数だった。少なくともひと月では足りないのが確実。

刺殺される時期がいつか分からないせいで、残された時間は不明だ。叶《かな》うなら一日でも早く逃げ出したいが、それは現実的に考えて難しい。

屋敷から逃れられたとしても、その先で行き倒れては元も子もない。せめて働ける程度の体力を維持しなくては。

――日常生活もままならない現状、自活できるまでまだかかる。その間に殺られたらゲームオーバー。くっそ、私に残された時間を正確に把握できたら、もっと計画を立てやすいのに。――……いや待って。だったら……殺されないように時間を稼ぐのもありなんじゃない？

ユーリを懐柔し、『セレスティアを殺したくない』と思わせられたら安泰だ。そこまでの気持ちでなくても、せめて『自ら手を下さずに死ぬまで待とう』と思ってくれるだけでもいい。

とにかく彼との間にいい関係を築ければ、刺殺される未来を改変できるのではないだろうか。

——今のところ、ユーリはセレスティアに深い恨みや憎しみは抱いていない気がする。むしろ好意的だ。それなら——もっと親しくなれば悲劇を回避できるのでは……？

実里の脳裏に、とあることが閃《ひらめ》く。

それは以前見聞きした話。

誘拐犯や立て籠もり犯の人質になった場合、相手に名前を教え、少しでも関係性を築いた方が生還の道が開けるというものだった。

犯人にとって人質が『一人の人間である』と実感する方が、手を下し難くなるものらしい。名前も素性も知らない完全なる赤の他人を傷つけるよりも、親しみを多少でも感じている方が躊躇《ためら》うものなのだ。

——だったらやれることは全部やってやる。戦略をいくつか立てておくのは、勝利をもぎ取るための常識。健康になるのは、言わばプランA。プランBはユーリ懐柔。二段構えの作戦で、私は勝つ！

「——貴方を疎んだことなど、一度もありませんよ」

セレスティアがどうだったのかは知らんけど、と内心呟きながら、実里は微笑んだ。最近、こういう笑顔も板についてきた気がする。

以前はやや顔が引き攣っていたが、近頃は段々こなれてきた。

何度も鏡の前で練習した甲斐《かい》があったというもの。生存をかけた戦いに敗北すれば、待っているのは死のみ。絶対に負けられない。得意とか不得意とか言っている場合ではなかった。できることは全て、死に物狂いで熟《こな》さなくてはならないのだ。

――生きるためなら、ヤバい奴と仲良くするくらいどうってことない。私は必ずユーリを手懐《てなず》け攻略してみせる。

「……本当ですか？」

「嘘など言いません。そんな必要はないでしょう？　私たち、別に敵や対立関係ではありませんもの」

湧き上がる闘志を巧みに隠し、実里は『だから攻撃してくるなよ』と込めた。しかし彼は何故か熱っぽい視線をこちらに送ってくる。

微かに潤んだ黄金の瞳は麗しい。不思議と、これまでとは違う炎が揺らいだ気がした。

「……屋敷の使用人たちがセレスティアを慕う理由がよく分かりました」

「え？　慕われているのですか、私が？」

それは初耳である。

実里は自室を基本的に出ないので、顔を合わせるのはイライザのみだ。他にもアンガスタ侯爵家に大勢の使用人がいるのは知っていても、直接の接点はなかった。

「はい。病弱でありながら、誇り高く立派な方だと、皆が称賛しています」

「へ、へぇ。寝付いてばかりだって言われているのかと思っていました」

「確かに貴女は病床にある時間が長いですが、下の者へ当たり散らす真似はしませんし、横暴な主ではありません。どんなに身体が辛くとも、弱音は吐かず常に凛《りん》とした気品は失わない。誰に対しても公正かつ気配りをし、少しでも体調がよければ勉強を欠かさない。……そういう点を、皆見ているのです」

——セレスティアって、実はすごい女性なの？

淑女の鑑《かがみ》。人間的にできている。実里は初めて聞く彼女の為人《ひととなり》に、少なからず驚いた。

「そ、外面《そとづら》がよかったみたいですね、私」

「……僕も、貴族としての体面を守っているのかと思っていました。でも違う。貴女は陰で努力をし、人にその苦労を見せない方だ。今日だって、そのせいで倒れかけたのではありませんか。……少しだけ、僕と似ている。けれど真逆でもある」

「はい？　真逆とはどういう意味です？」

「——いいえ、何でもありません。気にしないでください」

淡く笑ったユーリが首を左右に振る。そう言われてしまえば、重ねて問うことはできなかった。

それに実里にはもっと気になることがある。

——アニメではセレスティアがどんな人だったのか、まるで言及されなかったから知らなかった。

……案外、努力家だったのか。金持ちの家に美人で生まれ、身体が弱いこと以外は苦労なんてしたことがないお嬢さんだとばかり——

実里とは何もかもが正反対の人間。恵まれた境遇にありながらそれらを活用できず、無様に全てをユーリに奪われた哀れで身体も心も弱い人。――そんな評価を下していた。

だが、違ったらしい。

今聞いた限り、セレスティアという女性は誇り高く清廉な人柄だったようだ。

――ふぅん。だったらもっと貪欲に生きればよかったのに。ユーリにみすみす殺され地位を奪われるなんて、馬鹿みたいだ。せめて人並の体力をつければ、アンガスタ侯爵家の両親だって傍系から跡取り候補として彼を迎えようとは思わなかっただろうに。

他人事ながら、もどかしい。

手にした武器を揮わず、努力しない人間が実里は嫌いだ。それも裕福な家に生まれ、整った容姿を持ち、恵まれたスタートを切っていながら宝の持ち腐れではないか。

――ま、所詮親に捨てられ貧乏で、散々不細工呼ばわりされてきた者の僻《ひが》みだけど。

もしも自分と彼女の生まれが逆だったら。きっともっと人生は上手く開けていた。

実里は自身の幸福とは言えない生い立ちを思い出し、陰鬱な気分になる。だが落ち込んでいても仕方ない。

大事なのは、今。どう生きて、どうやって元の世界に戻るかだ。

――だったらセレスティアの財力や人望をフル活用して強《したた》かにいこう。

今この身体は実里のもの。一時的に借りているだけだとしても、現実は変わらない。それならば最大限使えるものは利用する。その他のことを考えるのは後回しだ。

実里は改めて決意を固め、窓の外へ視線をやった。
その横顔をユーリがじっと見つめているとも知らず。

第三章　最弱モブ、頑張る

少し、調子に乗っていた。

高熱のせいで滲む視界に、ぼやけた天井が映る。必死に酸素を吸い込んでも、一向に息苦しさが消えてくれない。滲む汗が瞳に入り沁《し》み、それを拭う気力が実里にはなかった。

牛歩並みの速度ではあっても着実に身体を動かせるようになり、つい『もっと追い込めるかも』と考えてしまったのが一昨日のこと。

これまでは慎重に体調と相談しつつトレーニングを実施してきたが、順調に目標をクリアして欲が出たのは否めない。焦りもあったのだろう。

実里は『あともう少し』と普段以上の負荷を身体にかけた。つまり、腹筋と腕立て伏せなどは前日の倍。深夜に庭の散策にこっそり出て、軽くジョギングも実施した。

久しぶりに気持ちのいい汗をかき、充実した気分で眠りに落ち、そして現在ベッドの住人となっているのである。

――手足が、全く動かせない。頭が朦朧とする……

肺は軋《きし》むように痛いし、暑いのか寒いのかもよく分からなくなっていた。汗まみれではあるものの、震えが止まらないのだ。

当然食欲はなく、それどころかこの二日間吐いてばかりいる。もうとっくに胃の中は空なのに、止まらない嘔吐《おうと》に体力を使い果たし、瞼を押し上げることすら億劫だった。

完全に無理をし過ぎたつけを支払っている。実里の感覚では『ほんの少し』頑張っただけだが、セレスティアの身体にしてみれば限界突破の酷使であったようだ。

——脆弱……どれだけポンコツなの、この肉体は……

もはや恨み言を考えるのも辛いけれど、それでも昨日よりはややマシになったと言えなくもなかった。

何せ昨日は、ほぼ記憶がない。半ば意識を失って唸《うな》る気力もなかった。

それと比べれば、痛みや苦しさを実感している分、感覚が戻ってきている。辛いのは大変だが、前後不覚になるよりはずっといいと実里は息を荒げつつも思った。もっともそれは、強引な強がりである。

本音は全身の苦痛と絶え間ない吐き気、重怠《おもだる》さに圧し潰されそう。

布団すら重石のようで、息をするのもままならない。その上、寝返りを打つ力もなかった。

——寝込むって、案外体力を使うんだ……腰も痛いし……水一杯自力で飲む余力もないなんて。

セレスティアとして最初に目覚めた時よりも、過酷だ。当然立ってトイレに行くのは不可能。それでも自尊心を守るため、実里は這って用を足しに行ったのだが。

——その結果余計に悪化しちゃ、本末転倒もいいところだ。……情けない。

目を開けると頭痛がひどくなるので、瞑目《めいもく》したまま嘆息した。

熱のせいで潤んだ双眸から、涙をこぼしたくなかったのも理由の一つ。

実里は苛立ちと共に悔しさを呑《の》み込《こ》んだ。

意志の力だけではどうにもならない。トレーニングで身体を苛《いじ》め抜き嘔吐したことはあっても、こんなにも動けなくなることはなかった。

とにかく、苦しい。いっそ意識を失いたいのに、頭が割れるように痛むので、それすら難しいのだ。

大病をしたことがない実里は、病気の辛さを本当の意味で知らなかった。

喉が焼け付いて水を求めていても、枕もとの水差しからグラスへ注ぐ気力が湧かず、さりとてイライザを呼ぶためのベルを鳴らす余力もない。声を出すのはもっての外。

少しでも身体のどこかへ力を入れれば、それが激痛となって返ってくる。弛緩《しかん》して横たわっているのが精一杯。まるで辛うじて生きているだけだ。

――だけどセレスティアはずっとこの身体と付き合ってきたのか……この、僅かな無理もきかない弱過ぎる器と――

キュッと胸の奥が軋む。

実里は心の奥で、努力して体質改善を図ってこなかったセレスティアを見下していた。

アニメでは顔も出てこないモブであり、至極あっさりユーリに殺されるだけのキャラクター。

実里が持っていない諸々《もろもろ》を初めから手にしているくせに、どうしてもっと運命に足掻《あが》かず、頑張らなかったのだともどかしく感じていたのだ。

――でも、そうか。頑張れない人もいるんだ。甘えや気持ちの問題じゃなく、物理的に無理な人が
――施設でよく虐められていたあの子のように。

身体を鍛えるにも、それが向いていない人間はいる。そもそも日常生活を送るのが困難で、『普通』に生きるのが難しい人だって。

――身体が大きく健康なのは、とても恵まれていたのかもしれない。

家族運が悪くても。貧しくても。美しさや可愛らしさを持ち合わせていなくても。

――そういうものがあっても『幸せ』とは限らない。……同時に私が『不幸』とも決めつけられない。

朦朧とした意識の中で、実里はぼんやりセレスティアを思った。

この身体の真の持ち主であり、アンガスタ侯爵家の令嬢。絶世の美女にして病弱な人。

彼女はいったい、日々何を考えて生きていたのか。

生まれた時から身体が弱く、長く生きられないと言われて、早々に両親の期待を失った。

だとしたらこの豪華な部屋は、贅《ぜい》を凝らした病室でしかない。遠からず死ぬまで閉じ込められる牢獄《ろうごく》と言い換えてもいい。

――私なら、全部嫌になってしまうかも。

身体が辛いからか心も脆くなっている。そのせいで実里はいつもより弱い思考に傾いていた。

身体頑健であった頃は思いもつかなかった考えだ。何もかも投げ出したいような、やけっぱちな感情。

弱音を吐いて、自己嫌悪に沈む。

あらゆる障壁を打ち破ってやろうという気概が湧いてこず、実里は緩く息を吐き出した。

――こんなの、私らしくない。でも、何か疲れてしまった。これまでトレーニングすればするほど強くなって結果が出たのに、鍛えようとしたら逆に弱るなんて……

自信喪失だ。己の根幹ともいえる部分がポッキリ折れた心地すらする。

世の中頑張っても報われないことは多々あるが、自分の肉体に関しては絶対の信頼を寄せていた。そこを覆《くつがえ》されて、実里は打ちのめされたのだと思う。

――心と身体って連動しているんだな。こんな風に影響を受けるなんて、初めて実感した。……だけどセレスティアはこの身体を持ちつつ毅然《きぜん》とした人だったのか……

少しだけ――いやかなり見直した。

彼女は不自由な肉体と折り合いをつけ、自分なりにできることを模索していたのか。きっと苛立つこともあっただろうし、自らを憐《あわ》れむこともあったはず。

しかしそれを他者にぶつけるどころか見せることもしなかった。

丸ごと呑み込んで背筋を正して生きるのは、口で言うほど簡単ではない。

考えてみればセレスティアの立場なら、自分の代わりにアンガスタ侯爵家を継ぐべく期待されたユーリを羨《うらや》んでもおかしくない。けれど、彼の言い方から考えると距離は置いていても直接的な嫌がらせはしていなかったようだ。

もしも実里なら――と思いを馳せ、睫毛を震わせた。

――強いな。

馬鹿にしていた自分が恥ずかしい。実里とは違う部分で、彼女は全力で戦っていたのだ。それを理解しようともしていなかったことを恥じ、唇が歪む。

刹那、一層喉の渇きを覚え、実里は軽く噎《む》せた。

――ああ、駄目だ。どうにも思考が後ろ向きになる。私らしくない……

「――セレスティア、水です。飲めますか?」

唇に何やらひやりとした硬質なものが触れている。それが吸い飲みだと分かり、実里は弱々しく目を開いた。

「……ユーリ……」

どうして彼がここにいるのか理解できず、瞳を揺らす。するとこちらの意図が伝わったのか、ユーリが微かに目元を綻ばせた。

「イライザが所用で席を外したので、その間僕が付き添うことにしました」

他にもメイドはいるのに? と思ったが、それを声に出す力がない。しかし察しのいい彼には充分通じたようで、ユーリは実里の額の汗を柔らかな布で拭ってくれた。

「僕が是非と言ったのです。それより喉が渇いているのではありませんか?」

再び吸い飲みを寄せられて、実里は反射的に唇を開いた。そこへ彼が慎重に飲み口を差し入れてくる。

思った以上に喉が渇いていたのは、一度水を吸い込んだことで痛感した。干からびた喉を冷えた水が通過してゆく。つい思い切り吸い込んでしまい、実里は激しく噎せた。

「ゲホゲホッ」

「慌てないでください。ゆっくり飲んで」

身を捩《よじ》って咳《せ》き込《こ》めば、ユーリが肩を摩ってくれた。その大きな掌が存外心地よくて、実里の呼吸はたちまち穏やかなものになる。

ずっと重石が胸に乗っているようだったのに、それも僅かに和らいでいた。

「ぁ、ありがとう……」

「いえ、体勢を変えますか？　ご迷惑でなければ手伝います」

「……横向きになりたい、です」

――まるで口に出さずとも私の望みがこの人には伝わっているみたい。

自力で寝返りを打てない実里は、彼の申し出をありがたく受け入れた。ずっと同じ姿勢で寝そべるのは、案外辛い。それに呼吸が苦しいので、横臥《おうが》したいと思っていたのだ。

「分かりました、失礼します」

布団をめくったユーリが実里の背中に手を添える。背後をクッションで支えてくれて、随分体勢が安定した。

「これでいかがですか？」

「大丈夫です、ありがとうございます。……かなり楽になりました」

実際、先ほどと比べて雲泥の差だ。

それは水分を取って姿勢を変えたことだけが原因ではない。不思議なことに背中を摩ってくれる男の手から滲む何かが、実里を安らがせてくれていた。

――何だろう。変な感じ。単純に温かいから？

もしくは、体調が芳《かんば》しくない時にこうして寄り添ってもらえたのが初めてだからかもしれない。

いくら風邪も滅多《めった》にひかない超健康優良児だった実里とて、幼い頃には一通りの流行《はや》り病に罹《かか》っている。

水疱瘡《みずぼうそう》やおたふく風邪、その他諸々。集団生活を営んでいれば、ある程度仕方ない。むしろ下手に大人になってから罹患《りかん》すると大事になるので、子ども時代に済ませておいた方がいい。

そういう病気になれば、施設では他の子らから隔離され、職員に看病してもらえた。

しかし彼らには他にいくらでも仕事がある。どうしたって病児につきっきりになるわけにはいかない。すると、必然的に一人きり寝かせられることになるのだ。

熱で苦しくても、痛みに呻いても、よほどのことがなければ職員は傍にずっとはいてくれない。むしろそこまで悪化するなら、病院に連れていかれて終了だった。

――ああ……そういえば病気になって目を覚ました時に、隣に誰かがいてくれたのは、初めてか……ちょっと、ホッとした。

胸の奥がむず痒《がゆ》い。

奇妙な感覚を持て余し、実里は張り詰めていた精神が緩むのを感じた。たぶん、安心したのだと思う。

それが具体的に何故なのかはよく分からないけれど。

「かなり汗をかいていますね。イライザに言って着替えた方がよさそうです」

「ああ……そうですね。——……って、えっ？」

言われたことは至極もっとも。

汗まみれのままでは、尚更《なおさら》体調を崩しかねない。しかし問題なのは、何故彼がそれを提案したのかだった。

——私が大汗をかいているのを、どうして知っているの？　さっき額を拭いてくれたから？　いや、それよりも考えられる可能性は——

背中に触れたままの男の手。

寝間着であるネグリジェは、自分でも分かるほど汗で湿っている。特に背中側はぐっしょりしているのではないか。そう思い至った瞬間、実里は慌てふためいた。

「……っ！」

キックボクシングのトレーニングをしている間は、汗をかこうが鼻水が垂れようが涎《よだれ》が溢《あふ》れようがたいして気にしない。そんなものは日常茶飯事だからだ。

しかし今は猛烈に恥ずかしい。

それに身に着けているのがトレーニングウェアではなくネグリジェなのも、今気づいた。布の薄さとしては大差ないが、前者は見られて問題ないもの。後者は敢えて他人に見せないものだ。これまで散々目撃されているとしても、それとこれは話が別だった。

だが素早く動く体力がない。そもそもユーリは善意でしてくれたのに、手を振り払う真似をしては失礼にあたる。一瞬で色々考えた実里は、黙って横になっていることしかできなかった。

——だいたいユーリとは良好な関係を築くと決めたのだから、ここで悪い印象を持たれるわけにはいかない。下手に意識していると思われたら、失敗だ。ここは慎重に行動しなくては。

実里は全力で頭を働かせ、正解を探った。

「その、もう平気ですよ」

「顔色は芳しくないですね。手を拝見しても？」

「え、ぁ、はい」

背中から手を離してくれるなら何でもいい。そんな心境で実里は自らの右手を差し出した。さりげなく手汗をシーツに擦りつけてから。

——さっきまで指一本動かすのも億劫だったのに、今は動揺のせいか気にならないな。

心臓がバクバク暴れている。

これが羞恥を感じたせいなのか、それとも別の理由なのかは不明だ。どちらにしても、一人孤独に痛みや苦しさに耐えるのよりはずっとマシだった。

「ああ、とても冷えていますね。少し摩ります」

「へ」

彼に取られた己の手を呆然と見守る。相変わらず青白くて折れてしまいそうな細い腕だ。その指先を優しくユーリが包み込み、軽く上下に摩ってきた。

「あ、の」

「僕の実母もあまり身体が強い人ではないので、よくこうして手足を温めました。すると少しは痺れや怠さが軽減されるそうです」

「そ、そうですか」

狼狽《ろうばい》を表に出さないよう自制し、平板な声で答える。しかし内心は全くもって穏やかではない。許されるなら、立ち上がって防御態勢を取りたいが、そこをグッと我慢した。

——これはどう対応すべきなの？　『やめて』と言うのは不正解？　良かれと思ってしてくれているのだろうし……だけど途轍もなく落ち着かない。

彼に下心はないのだろうが、如何《いかん》せん実里はこういう接触に不慣れだった。

男女交際なぞしたことがない。それ以前に誰かに恋愛感情を抱いたことも皆無だ。おそらく自分にはそういう回路が欠落しているのだと思っていた。

思春期にありがちな『誰々が素敵』『格好いい』などの会話にもついていけず、興味さえ湧かず、この年まで何ら不自由を感じなかった故に。

そもそも甘えることや頼ることが苦手だ。やり方も知らない。

だからユーリに手を握られ、あまつさえ撫《な》でられ、どうすればいいのか完全に見失った。

平然としようにも、激しく目が泳いでしまう。

顔色は青だか赤だか不明だが、どちらにしても平常の色ではないに決まっている。

呼吸は乱れ、おそらく血圧が急上昇していた。クラクラと眩暈がするのが、その証拠。

吐息が掠れて、妙な音が喉奥で鳴る。それすら羞恥の糧になり、実里はますます冷静さを保てなくなっていった。

——ユーリを懐柔し手懐けると決めたけど……具体的にはどうやるんだ？

男性どころか女性相手にだって媚《こ》びを売ったことがない。実里は他者に合わせるのが壊滅的に下手なのである。端的に言えば、男にしな垂れかかる女を軽蔑もしていた。

誰かに依存し助けてもらわなければ生きられない人間にはなりたくない。その一心で脇目も振らず、前だけを見て。

元の世界ではそれでも何とか生きてこられた。健康な身体と俊敏性、並外れた腕力と体力、更には闘争心があったから。漲る負けん気を支えられるだけのフィジカルを持ち合わせていたために。

けれど今は。

——私の『才能』とも言えた全部が失われている。これまで通りの戦い方はできない。

ならばもう、苦手だとか言っていられず馬鹿にしている場合でもなかった。か弱さだって、時には立派な武器になる。

認めたくはないが、過去実里が嫌悪を抱いていた女性たちも、彼女らなりにできる戦い方をしていたのだ。

全ての人が体格や健康に恵まれるわけではない。実里と同じリングには立てない代わりに、別の爪と牙を研いでいたのだろう。

それが、庇護《ひご》欲をそそる仕草や、可愛がられるスキルであったとしたら。

――私からしたら何の防御力もなさそうなヒラヒラの服や化粧は、ある意味鎧《よろい》だったのか。そして笑顔も武装だ。争いを回避するのも一つの戦略であり、拳だけが武器じゃない。見た目や知識、そういったもので彼女たちは己の身を守っていたの？

身一つで戦えなくなって、初めて気づいたこと。

実里は覚悟を決め、顔を上げた。

「……ユーリ、お母様を大切になさっているのですね。実家への仕送りは足りていますか？　これから寒い季節になります。私から温かく軽いショールなどを贈らせていただいてもいいでしょうか？」

「セレスティア……」

少々あざといかと心配したものの、彼の瞳に過《よぎ》った色を見れば、悪くない作戦だったようである。

ユーリはほんのりと感謝と感激を双眸に宿した。それが演技でなければ――の話であるが。

「僕の家族のことまで気にかけてくれるのですか？」

「当然です。貴方がアンガスタ侯爵家へ尽くしてくれていることを思えば、この程度当たり前のことでしょう？」

彼が一日でも早く爵位を継ぎたい最も大きな理由は、実の家族のためだ。確かアニメでは母親の治療費が足りず、何度かセレスティアの父親に金の無心をしていた。

——でもケチなアンガスタ侯爵に出し渋られて、思うようにならなかったはず。最低限の支援はあっても高価な薬を買えず、本編開始時に母親は亡くなっていた。だとしたら、その件もユーリの人格を歪めた要因じゃない？

家族のためにアンガスタ侯爵家の跡取りになるのを受け入れたのに、母親の充分な治療費も出してもらえなかったとしたら、恨みが募ったことだろう。ユーリの中には澱《おり》のように蟠《わだかま》りが堆積したのではないか。

——だったら、その憎しみから解消していこう。

「必要なものがあれば、私に言ってください。これでも良質な薬を買うくらいの財力はありますよ」

「でしたらまず、ご自身の体調を整えてください」

苦笑した彼の表情が柔らかい。黄金の瞳の奥は、穏やかに凪《な》いでいた。

やはりユーリとの距離を縮めるには、彼の家族へ手を差し伸べるのが得策のようだ。実里は己の判断に脳内で喝采を上げつつ、次なる一撃を繰り出した。

「近頃はご家族と連絡を取っていますか？　もし手紙のやり取りに父がいい顔をしないのであれば、

私がイライザに頼んで執事を通さないで済むよう手配しますよ」

アンガスタ侯爵家の実権はセレスティアの父親にある。

何度か部屋を抜け出して屋敷の中を探索しているうちに、実里は気が付いた。

この屋敷へ届く郵便の類は、全て侯爵に検閲されている。正確には、侯爵の意を受けた執事によって。

その上でセレスティアの父親はユーリが実の家族とやり取りすることに、不満を持っているのが分かった。おそらくアンガスタ侯爵家の時期後継者として、ユーリの両親は邪魔だと考えているらしい。困窮した親族が、成功している家門にすり寄ってくるのを恐れているのか。いずれ足手纏いになると踏んでいるのかもしれない。

――元の世界でも、成功者に群がる有象無象の話は珍しくない。宝くじが当選した途端、まるで知らない親戚や昔の同級生から連絡がくるとかね。だからユーリの交友関係に目を光らせるのは納得できる。でも、相手は両親でしかも病気の母親。この縁を切ろうってのは、あまりにも横暴だ。

「え……ですがそんなことをすれば、セレスティアが侯爵様に叱責されませんか？」

「今更です。どうせあの人は娘に関心はありませんもの」

実里にとってはアンガスタ侯爵は完全に他人である。そのためごく軽い気持ちで笑い飛ばした。

――どうせ初めから知らんオッサンでしかない。……本物のセレスティアなら、親の無関心に傷ついたのかな？　――いや、根拠はないけどもう彼女も期待してはいなかった気がする。

振り向いてくれない相手を慕い続けるのは骨が折れる。人から聞いた話でしかセレスティアの人柄は知らなくても、何となく彼女は手に入れられないものに拘《こだわ》るより、前を向くように思えてならなかった。

——境遇は全く違う。でも私たちは少しだけ似た部分がある。家族と疎遠なこと。そして見切りをつけて戦う意志があることだ。

「それにユーリがご両親と連絡を取りたいと願うのは、当たり前の権利です。私は屋外へもろくに出歩けない身ですが、執事と父の目を盗むくらいはできますよ」

イライザなら、口止めすれば侯爵の耳に入ることはあるまい。それくらいの信頼関係をセレスティアはメイドとの間に築いていた。慕われていたのだ。

「……ありがとうございます。そのように貴女は言ってくださるのですね……やはり、他の貴族たちとはまるで違う」

「あ、ああ……私は社交界に出入りしていませんから、いまいち常識が分からなくて」

まさか中身が生粋の令嬢であるセレスティアではなく、礼儀作法なんて微塵も知らない実里だとバレたのか。

冷汗をかきつつ、実里はギクシャクとごまかした。

——不味い。疑念を欠片でも抱かれたくない。

「いえ、そういう意味ではありません。お優しいと申し上げたかったのです」

心なしか、実里の手を握る彼の手に力が込められた。摩る動きは止まって、じんわりとした圧が加えられる。さながら恋人同士が手を握る形になり、実里は戸惑いに固まった。

「……もっと早く、セレスティアと沢山話しておくべきでした。長い時を無駄にしてしまった」

「私と話しても、これといって得るものはありませんよ」

——教養がないのがバレる。冗談じゃない。

ユーリの真意を図りかね、思わず実里は彼をじっと凝視した。すると向こうもこちらをまっすぐに見つめてくるではないか。それはもう熱烈に。沈黙のまま。

結果、二人は至近距離で視線がかち合うこととなった。

——睨《にら》み合いをするつもり？　目を先に逸らしたら、負ける……！

実里の頭の中でゴングが鳴った。急遽《きゅうきょ》始まった試合である。

と言っても、殴り合う気は流石《さすが》にない。ここは気合の勝負。気圧されたら負けの気持ちで、張りぼての『優雅な微笑』を浮かべた。

勿論こちらからは一ミリも視線を逸らさない。

胸中で『かかってこいや！』と叫び、真正面から正々堂々挑んだのである。

「……セレスティアは美しい瞳をしていますね」

「え？　はい？　ぁ、ありがとうございます？」

だが予想外の言葉が彼の口から飛び出し、困惑させられた。

——何だそれ。私を動揺させせようとしている？　それとも誘惑する気？

実里の人生において、容姿を褒められた経験はない。だいたいこの身体はセレスティアのものであって自分のものではないので、今回もノーカウントだ。

さりとて嫌な気分にはならず、戸惑っただけなのが自分でも不可解だった。

——まぁ、確かにセレスティアは美人だ。月並みな言い方だけど瞳も美しいのは間違いない。

「双眸の奥に、生命力や芯の強さが煌めいている。見る者を魅了する光です。以前から凛とした方だとは思っていましたが——最近はより力強さを感じます」

「……っ」

てっきりセレスティアの容姿を称賛されているだけだと思ったら、やや別の意味だったらしい。そのことに驚き、次に実里の胸に広がったのは妙な歓喜だった。

——勘違いだとしても、私自身が褒められたみたい。何だか、嬉しい。

この身体の中身が別人になっていることは、誰にも悟られてはならない事実だ。だが、『見つけてもらえた』気分になったのも本当だった。

この世界で初めて実里を認めてもらえた心地がする。錯覚に過ぎなくても——存在することを許された気がしたのだ。

——その相手が、いずれ自分を殺す犯人ってのが皮肉だけど。

このやり取りだって、どこまでがユーリの計算の内なのか。適切な距離を探る気分で、実里はこちらから仕掛けてみた。

――やられっ放しになるつもりはない。

「私よりもユーリの方がずっと綺麗ですよ。特に聡明さが現れている眉が素敵だと私は思っています。お父様譲りだそうですね。お父様は研究者であられると聞きました」

眉の下の目は、何を考えているのか分からなくて困る――と心の中だけで呟き、実里は邪気を滲ませずに口角を上げた。

絞り出した記憶で、アニメの設定を思い出す。彼の父親は学者肌で頭がよかったが、金儲《かねもう》けに関しては才能がなく、かつお人好《ひとよ》しな性格のせいで妻子はますます困窮したのだ。

それでもユーリは恨み節を語ることはなく、むしろたった一枚残る小さな家族の肖像画を眺める一幕もあった。

――情があったってことだよね？　でも本編開始時には父親も事故で亡くなっていたっけ。つまりユーリには失うものがない状態だったのか。

乏しい情報を足場にし、手探りで生き残りの道を模索する。微かに彼の瞳が揺らぎ、上手く心を揺さぶれたのは確実だった。

卑怯《ひきょう》だと言われても、敵の弱点を狙うのが勝負の定石である。

「父はこれといった成果を発表していません。それなのにセレスティアは父を研究者と呼んでくれるのですね」

「簡単に結果が出ない難問に挑んでいらっしゃるなら、時間がかかるのが当然です。積み上げた努力は、いずれ実を結ぶ――そう信じて周囲の雑音に負けずに目標に向かい邁進《まいしん》するのは、大変なことです」

自分の経験と重ね合わせ、実里は重々しく頷いた。

――私も『キックボクシングじゃ食べられない』『本気でプロになれると思っているのか』とか散々言われた。そういう外野の声を撥《は》ね退けて、諦めず頑張ったんだ。

実感が籠った言葉には説得力があったのかユーリにも響いたようで、彼はこれまでになく眉を震わせた。

重ねられたままの掌が重みを増す。いつしか完全に握られている形になっていて、束《つか》の間《ま》静寂が落ちた。

――あれ？　私ミスった？　沈黙が辛い。

もっと別の反応が返ってくると思っていたのに、想定外だ。話してくれないとコミュニケーションが成立しない。まだ実里とユーリの間には、黙していても平気な空気は作られていなかった。

――せめて何か言ってくれないと、どうすればいいのか迷子になるんだが？

ずっしりと伸《の》し掛《か》かる緊張感に実里が音を上げそうになった時、彼がふっと息を吐いた。

「何故セレスティアは僕がほしい台詞を言ってくれるのですか？」

「そ、れは――」

この先のストーリーを知っているからである。あとは彼が他者には決して見せなかった姿を少しばかり把握しているおかげだ。

だが当然、そんなことは口にできない。頭がおかしくなったと思われるし、万が一ユーリの殺意を刺激しては最悪な事態を招く。

実里はこの場を乗り切るために頭を働かせ、当たり障りのない回答を導き出した。

「私にできることは今のうちにしておきたいのです」

これならどうとでも解釈できる上、彼と対立する気がないと匂わせられる。敵対しませんよ、と友好の笑顔まで張り付けた。

——私に心理戦は無理だと思っていたけど、人間って命懸けだと何事も習得できるものなんだな……感慨深い。案外、頭を使う素質があったのかもしれない。

とにかくこれでユーリとの距離は接近したはず。殺害回避作戦は順調。もっと親しくなれば、ひとまず逃亡までの時間を安心して稼げるとほくそ笑んだ瞬間。

「まるでどこかへ行ってしまうような言い草ですね」

「えっ」

頭の中を読まれたのかと訝るタイミングで、彼が胡乱《うろん》な眼差しを向けてきた。

「い、行くってどこへ。そんなあてはありませんが？」

よもや逃げる算段を捏《こ》ねているのが露見したのかと、一気に冷汗が噴き出した。

実里の背中も脇もビッショビショである。トレーニング中だって、こんなに汗が迸《ほとばし》り出たことはない。

勿論、手汗もひどいことになっていた。

未だ握られたままなので、そのことにユーリが気づかぬはずもない。

「やっぱり。動揺が出ていますよ」

「え、いや、これは、その」

——下手な言い訳じゃ、彼を言い包《くる》められない。でもだからって、私は嘘が上手くない。これ、結構なピンチでは？

怪しまれたら、色々終わる。

実里が懸命に適切な答えを模索していると。

「……セレスティアは必ず健康になります。元気になる手伝いをさせてくれと、以前も言ったじゃありませんか。貴女は聞き入れてくれませんでしたが……」

——あ、これ、『どこか』って『あの世』って意味だったのか。

危うく余計な言動をして自ら窮地に陥るところだった。

語るに落ちるとは正にこのこと。やはり過剰な接触は危険かもしれない。適度にユーリを懐柔しつつ距離を置く方法はないものか。

「セレスティアには以前から諦念《ていねん》めいた雰囲気がありました。身体が辛いせいで、そんな境地になるのは理解できます。ですが、どうか諦めないでください。寂しいことを言わず、僕にできることを教えてくれませんか」

「へ」

間抜けた声が出てしまったのは、あまりにも彼が真剣な面持ちだったからだ。

若干目が据わっていて怖い。歴戦のファイターでもここまで鬼気迫る空気を漂わせてはいなかった。

「貴女は一人で努力する人だと知っています。苦悩を他者には見せない。それでも、僕には共有させてもらえませんか。セレスティアが長く生きられるように」

「え、ぁ、それはありがとうございます？　いや、ぇ？」

セレスティアに長生きされて困るのは、ユーリではないのか。

殺しにかかってくるどころか健康を望まれて、実里は大いに困惑した。これが全て彼の策略の内なら大成功だ。完全にこちらは勢いに呑まれて思考力が停滞している。ついコクコクと頷き、いつの間にかユーリの提案を受け入れたことになっていたのだから。

「では決まりですね。セレスティアがベッドから起き上がれるようになり次第、貴女が身体を動かしたい時には僕が付き添います。それ以外では絶対に勝手な真似をしないでください。ああ、食事にも気を遣わなくてはいけませんね。今後、可能な限り一緒に食事をしましょう。メニューは僕がコックと相談します。イライザにも重々伝えておきますので」

「ぇ……ええ？」

まるで専属トレーナーだ。ただし、油断していると寝首を掻かれる系の。

――これはプランBが順調な証？　それとも私の危機が高まっただけ……？

判断つきかねて呆然とした実里は、いつ彼が部屋を出ていったのかも覚えていない。ただ我に返った時にはもうユーリはおらず、イライザがニコニコ顔で戻ってきていた。

「お嬢様！　先ほどユーリ様にお聞きしました。お熱も下がったようですし、一日も早く完全回復されなくてはいけませんね。ふふ、お二人が仲睦《むつ》まじくなられて、私はホッとしました。きっとこれからどんどんお身体もよくなりますよ」

「そ、そうね」

曖昧に微笑む以外、いったい何ができたのか。

何はともあれ、こうして二人の奇妙な交流が本格始動したのである。


朝目覚めて調子がよければ、午前中に軽い運動。昼食後、休息を挟んで庭園を散策。夜は入浴後に身体を解《ほぐ》すマッサージ。

これが最近の実里のルーティンだ。そしてほぼ全て、ユーリ同行の元行われた。勿論、食事も一緒である。

もはや監視と言って差し支えない。一日の大半を彼と過ごすことになり、実里は激しく戸惑っていた。

——今のところ命の危険は感じないけど、何だが最終目標からどんどん離れて行っている気がする。

管理された生活で、正直なところ体調はいい。髪や肌も艶々だ。食事に関してかなりユーリが気を配っているらしく、実里の口に合い、無理なくカロリー摂取できていた。

こちらの料理や風習を知らない実里はこれまでメニューの指定などできず、出されるものを食べるしか選択肢がなかったので、天国である。

——私には甘過ぎたり味が濃かったりその逆もあって、食が進むとは言い難かったから、彼が指示してくれて助かっているのは間違いない。

つまりは実里が一人で試行錯誤していた時よりも効率的なのである。だがしかし、だ。

——私の本当の願いは元の世界に帰ること。そのために殺されることなく、アンガスタ侯爵家からオサラバするつもりなのに。

何がどうしてこうなった。

このところ起きている間、一人になれる時間が激減している。必ず彼かイライザが傍にいて、自由に屋敷内を探索もできない。

けれど、それはまだいい。許容範囲内だ。

一番の問題は、昼間ではなく夜。夕食後のマッサージだった。

「教えていただければ、自分でします」

「手足はできても背中は無理でしょう。さぁ、うつ伏せになってください」

「だったらイライザに教えてください。彼女にしてもらいますから」

「イライザはこの時間、もう勤務時間外です。呼びつけては彼女の就寝時間が削られます。可哀相だと思いませんか?」

そう言われてしまってはぐうの音も出ない。

実里は渋々ベッドに横たわった。

ただしこのやり取りをするのは、今夜が初めてではない。これまで半月近く毎晩のように繰り返されている押し問答だ。

ユーリに『元気になる手伝い』を申し出られてから約二週間。

毎晩彼はセレスティアの寝室へやってくる。そして全身丁寧に揉《も》み解《ほぐ》してくれるのだ。

——だったらもっと早い時間帯にイライザにお願いしようとしたら、入浴後が一番効果があるとユーリに言われてしまった。一理あるのが悔しい。

「昼間頑張った身体を労わらねば、疲労が蓄積されてしまいますからね」

そこに異論はない。クールダウンは重要である。筋肉を解し休ませるのも、トレーニングの大事な一環だ。

とはいえ、異性に身体を揉まれるとなると話は別だった。

——ジムでトレーナーにされていた時は、何とも感じなかったのに。今はものすごく恥ずかしい。

この違いは何？　入浴を終えた無防備な夜着姿だから？　いや、前だってシャワーを浴びた後、Tシャツと短パンだった時もある。

そもそもこの世界観では、女性が家族ではない男性に身体を触れられるのはアリなのか。

しかも医師などの仕事上でもなく。古い時代のヨーロッパ貴族はもっと色々厳しい規則があると思っていた実里は、首を傾げた。

――と言っても、所詮ここはアニメの世界。倫理観やら歴史背景が現実と同じとは限らない。そこまで厳格に設定を作っているとも思えないし。ご都合主義にできていても不思議はない。……そう思えば、普通のことなのか？

頭の中がグルグルして、爆発しそうだ。そもそも考察は未だに不慣れ。拳で語り合いたい気持ちは今尚《いまなお》強い。

実里は一所懸命考えた結果、『筋肉と戦闘力の不足』が原因であると結論付けた。

――そうだ。いざという時、返り討ちにできる自信があるかどうかの差だ。あとは、信頼関係の有無。思い返せばジムのトレーナーとは年単位の付き合いである。しかも相手は還暦オーバー。実里を孫のように可愛がってくれていた。

そんな人に警戒心もへったくれもない。対照的にユーリはいつブスリとやってくるか分からない人物。若く腕力があって、悪事を揉み消《もけ》せる権力もある。生き物の本能として気を許しきれないのは当然だ。

そう自らを納得させ、実里は決して『顔のいい男に惑わされているせいではない』と脳内で連呼した。

――面食いじゃない私でも惑わされそうになる外見って、いくらアニメでもすごい。

彼に押し切られた形でベッドの上に寝転がった実里は、赤面しそうな顔を伏せて隠した。

――お湯に浸かった後だから、身体が火照っている。うん、そうに違いない。他に理由なんてない。

何やら頭がぼぅっとしてしまうのも、のぼせ気味のせいだ。

体内の熱を吐き出すつもりで深呼吸すれば、背中へ薄布越しにユーリの手が触れてくる。

初めてでもないくせに、何度触れられてもこの瞬間は心臓が大きく脈打った。

「……っ」

おかしな声が漏れかけて、咄嗟に実里は息を詰めた。幸いにも喉奥でとまったおかげで、音にはならない。

しかし肩がビクッと強張ったことは、接触している彼に伝わったはずだ。

――私だけが変に意識しているみたいで、みっともない。これはあくまでもメンテナンス。それ以上でも以下でもない。何となく触り方がやらしい気がしても、それは私の勘違いだ。無心になれ、私。

殊更冷静に己へ言い聞かせ、実里は平静を装った。

だが、暴れる心臓は隠しようもない。背中側からでも激しい鼓動は明らかだろう。

にも拘らず一言もその点に言及しないユーリの思惑は不明だ。紳士的配慮か。それとも。

「今日は歩く距離を伸ばしたので、ふくらはぎが張っていますね」

「え、まぁ」

距離を伸ばしたと言っても、未だ庭園を一周することもできていない。薔薇園《ばらえん》をちょこっと見ただけだ。それでもセレスティアにしては快挙だったようで、イライザも「頑張りましたね、お嬢様！」と褒《ほ》め称《たた》えてくれた。

――ハードルが低い。でもこの身体にしたら、劇的な変化なんだな。

もどかしさに苛立つが、反動で寝込まなくなっただけマシである。

実里は細くて白いセレスティアの手首を眺めた。本来の己の腕の逞しさとは雲泥の差だ。

――本当に、弱々しい。この身体は、体質的に筋肉がつきにくいみたい。だとしたらどれだけ鍛えても、私の自慢だった筋肉は戻ってこないのか。

寂寥感《せきりょう》が胸に宿る。

けれど今日は自分で日傘を持って、最後まで歩けた。少し前には日傘の重みにさえ腕が耐えられなかったのだから、成長している。

――どうせ異世界転生するなら、勇者になって魔王やドラゴンと闘ってみたかったなぁ。よりにもよって最弱モブ……神様、私に恨みがあるのか？

「セレスティア、少し力を入れますよ」

「ぁ、はい。……んッ」

信じていない神へ恨《うら》み辛《つら》みを並べ立てようとしていた実里は、ユーリの言葉に頷いた。ふくらはぎを下から揉《も》み上げられ、痛気持ちいい。彼は、マッサージでも才能を発揮できるようだ。

「痛みはありませんか？」

「んんっ、丁度いいです」

ジムのトレーナーより上手い。だからこそ毎夜実里はユーリの誘いを断れないのだ。

――これ、お金取れるレベルでしょ。手が大きくて力加減が絶秒だから、蕩《とろ》けそうになる。本格的なツボの勉強をしていないなんて、信じられないいんだけど？　欲しいところに望む圧を加えられ、全身が解《ほぐ》れてゆくのが分かった。足首や足裏まで揉まれれば、もう気分は極楽浄土だ。

油断すると涎《よだれ》が垂れそうになって、実里は慌てて唇を引き結ぶ。あちこち緩んで、気を引き締めようとしても、すぐさま弛緩してしまった。

――彼の技術が独学だなんて、何でも器用にこなす人間はすごい。ああ、この才能を悪事じゃなくいいことに使ってくれればいいのに。それなら私も余計なことで悩まず元の世界に帰る方法だけ探していられる。

夢見心地で実里は今後の策を練る。プランＡもＢも好調。どちらかと言えば若干Ｂの方が有効か。先々を考えれば、もっとユーリとの仲を深めておいた方がいい。そんな計算をしつつ、実里が今夜のマッサージの終わりを予感していると。

「……いつもならこれで終了ですが、今夜はもう少し続けてもいいですか？　やはり脚が疲れていらっしゃるみたいです。昼間、頑張って歩いていたので」

「……貴方がそう言うなら」

いざ終わりになると物足りなくて、実里は深く考えずに了承した。

何せ、とても気持ちがいい。土踏まずをもっと指圧してもらいたい。セレスティアの所有する靴はお洒落《しゃれ》で愛らしいけれど、如何せんスニーカーのような機能性や楽さがないのだ。つまり履いているだけでも疲れる。爪先や踵に負荷がかかり、ヒールに慣れない実里には大きなストレスになっていた。

「許可してくださり、ありがとうございます。それでは失礼します」

「いや、お礼を言うのは私の方……ひゃっ？」

いつも膝より下を揉んでくれていたユーリの手が、突然太腿《ふともも》を撫《な》で上げた。

勿論寝間着越しにではあるが、そんなところまで彼に触れられたのは初めてである。

実里の口からは甲高い悲鳴が漏れ、全身が一気に引き絞られた。

「ちょ、ちょ、そこは」

「ああ、腿《もも》も張っています。ほら、ご自身でも分かるでしょう？」

「や、そういうことでは――ぁッ」

男の掌の熱がジワリと滲む。それがまた奇妙に艶《なま》めかしい。直接ではない接触が一層いやらしさを強調し、さながら淫らなことをしている気分にさせられた。

――ただマッサージを受けているだけなのにっ！

胸の高鳴りは荒ぶる一方。腹の奥が意味不明に疼く。鮮明にユーリの手の動きを感じ取り、実里の体温はどんどん上がった。

触れられた場所が焦げ付く錯覚があり、体内が騒《ざわ》めき出す。しかもそれらは不快ではない。ひたすらに快感だけが生み出されるから厄介だった。

彼の指先が実里の内腿を掠《かす》め、柔らかく肉に沈み込む。その度に生じる愉悦は、淫靡《いんび》な色を帯びている。

腰をくねらせたくなる衝動が込み上げ、実里は懸命に動くまいと己を律した。

それもこれも実里が変に意識しているせいなのか。もしくはこの肉体がセレスティアのものだからか。

心と身体は連動している。そのことは、大きく体調を崩した際に痛感した。どちらかが弱ればもう片方が引《ひ》き摺《ず》られる。

本来の実里であれば太腿を揉まれても『気持ちいい、もっと力を入れてくれ』程度の感想で、泰然と構えていられる。しかし今は狼狽《ろうばい》を隠し切れなかった。

――もうやめてくれと言えばいい。さりげなく起き上がって、さも平気な振りをして。そんな簡単なことがどうしてできない？

弱くて脆いセレスティアの身体に宿ったために、実里の意識もまた以前より強さを失っているとしたら。それ以上に怖いのは、痛みに慣れていないのと同じくらい、彼女が快楽に弱いとしたら――

――絶対にあり得ないとは言えない。だってそれを言い出したら、アニメの世界に入り込むことの方が奇想天外過ぎる。

ブルッと背筋が震え、その拍子にユーリの手がより上昇する。あと少し上がれば、実里の尻に触れてしまいそう。無意識に継いだ呼気は、喘《あえ》ぐのに似た音を奏でた。

「……っふ」

限界まで堪えていた声がついに溢れ、ふしだらな響きになる。彼に聞こえていないはずがない。それでもユーリの手が止まることはなく、ゆったりと実里の太腿を上下した。

——駄目。これ以上は……っ
肉体的痛みには強い自信がある。だが悦楽に関しては未知数。セレスティアの肢体が打ち震え潤むのを感じた実里は、愕然とした。

「……仰向《あおむ》けになれますか?」

「は、はい」

この甘い責め苦から逃れられるなら、何でもする。

彼の手がこちらの身体から離れたことに安堵して、実里は素早く反転した。

うつ伏せ状態から仰向けに。これで淫蕩《いんとう》な時間は途切れたと思ったのだが。

「……あっ」

首から鎖骨にかけて摩られ、瞠目《どうもく》した。

そこはネグリジェに包まれていない素肌だ。じんわりと汗ばむ肌を直になぞられ、実里は大きく目を見開いてユーリを見上げた。

視線が絡む。搦《から》め捕られて逸らせない。

マッサージの間、これまではずっとうつ伏せのままだったので、目が合うことはなかった。それがどれだけ実里の助けになっていたのかを、ようやく理解する。

喰われる、と本能が叫んだ。

——え。強敵にロックオンされた気分だ。

負けん気を総動員し、自分から顔を背ける真似だけはすまいと誓い、腹に力を込めた。挑まれた勝負は必ず買う。それでも勝てる気がせず、実里はゴクリと喉を鳴らした。

「ここを刺激すると、血の巡りがよくなるそうです。先日、本で調べました」

「そ、そうですか」

緊張の糸を限界まで張り詰めた実里とは対照的に、彼は平素通りの声音で語った。手付きにも後ろめたさや動揺は滲んでいない。ごく自然体で、実里の鎖骨に沿って指を動かしていた。

——痛いほどの力じゃないのに、肌がピリピリする。

ユーリの掌は大きく、こちらの胸の裾野を数度掠めた。

ネグリジェの胸元が軽く乱され、いつもよりだらしなく開いている気もする。セレスティアの白い肌が見え隠れし、途轍もなく官能的だ。脚に触れられることからは逃れられたのに、まるで安心できない。むしろ余計に羞恥のレベルは上がっていた。

右の鎖骨から左の鎖骨へ移った彼の手は、しっとりと女の肌に馴染む。さながら初めから重なるのが自然であるかのように、違和感なく同化していく心地もした。

ますます大きくなる心音が煩《うるさ》くて、にも拘らず意識の外へ弾き出される。

今の実里が知覚できるのは、ユーリに触れられている場所のむず痒さ。彼からの不可解な視線の熱。

それからどちらのものか分からない、乱れた吐息だった。

——全部が熱くて、クラクラする。……っは、もしやこれが武者震い？

キックボクシングのプロを目指してきた実里だが、好敵手には恵まれてこなかった。

新人の中ではずば抜けて強く、既に活躍しているプロ選手とは本気の試合をしたことがない。故にまだ経験不足だったのだ。

——血沸き肉躍るギリギリの勝負って、こういうことなのか。悪くないな。生きているって感じがする。

妙な興奮を覚え、実里の唇が弧を描いた。すると。

「セレスティア……」

艶めいた低音が実里の鼓膜を揺らし、ぶわっと肌が粟立った。

あまりにも淫猥《いんわい》だ。『声がいい』だけでは説明しきれない何か。それが実里の耳へ吹き込まれた。

「な……っ」

「そんな顔をされたら、保証できなくなります」

「保証？　何を？」

これまでの話と脈絡がなく、実里は数度瞬いた。

——あれ？　私、途中会話を聞き逃していた？　いやでも、ユーリは『本で調べた』と言った以降、特に話していなかった気がする。

実里は考え事をすると周りが見えなくなることがあるので、絶対とは言えない。それでも急に話が飛んだ感は否めなかった。

「……いえ、貴女があまりにも無防備で——どこまで許してくれるのか試そうとした僕が悪い。申し訳ありませんでした」

まず頭に浮かんだのは、『いきなり謝られても』だ。

やはり自分がぼうっとして意識が途切れていたのか。全くもって、何に対して謝罪を受けているのかが分からない。それともこの世界観的にはよくあることなのか。

判断つきかね、実里は微笑でごまかした。それ以外、どんな反応を返せばいいのか、思いつかなかったのである。

「ええっと、お気になさらず？」

「……優しいですね、セレスティアは。——こんな僕にも人として公平に接してくださる」

——殺されないための戦略なんだけど。

優しいと言われるのは、やや後ろめたい。こちとら打算塗れなのである。

——でも『こんな僕』という言い方は引っかかる。身分的なこと？　それとも——ユーリに疚《やま》しいところがあるのを匂わせている？

後者なら、遠回しの自白だ。

アニメでは完璧な悪役で、隙や情など一切見せなかった彼が滲ませた人間味に、実里はかなり驚いた。

「あの、自分を卑下するのはやめてください。己の能力で生きようとするユーリは立派です。それに貴方はいずれ正式にアンガスタ侯爵家の一員になるのですから、私の家族も同然でしょう。公平に接するのは当然のことです」

――もっとも彼がアンガスタ侯爵家の一員になる時には、私は既にこの家にいない。逃亡しているにしろ、殺されているにしろ……だから家族云々《うんぬん》は少しでも情に訴えるための方便だ。

「家族……」

「はい。ですから、ユーリの実のご両親のことも私は家族だと思っています」

駄目押しに彼の弱点とも言うべき点に言及した。

如実にユーリの瞳が揺らぐ。やはり彼にとって両親が大切な存在なのは間違いない。ならば、そこを押さえておけば実里の生存率がグッと上がるに違いなかった。

「我が家は正直、家族の縁が薄いでしょう？　だから貴方とご家族の関係が少し羨ましいです」

口をついたのは、少なからず本音だ。

言葉にして、実里自身初めて気づく。

幼い実里を捨てた両親には、一般的な『我が子への愛情』が乏しかった。今でこそ完全に諦めがついているものの、心の底ではたぶん許しきれてなんていない。

だからこそ、離れて暮らしていても思い合える親子関係が羨ましい。実里は、そんな風に親を懐かしむ気持ちを抱けなかったから。

故に最初はユーリを手懐けるためだけの口から出まかせだったが、途中で実感が籠っていた。

「……セレスティアは裏表がない清廉な人なのだと、改めて分かりました」

――いや、この世界に来てから本音と建て前の使い分けが格段に上手くなった。

裏表、ありまくりである。

一瞬動揺したが、実里は上体を起こすと手に入れた建前のスキルを駆使し、彼の視線を真正面から受け止めた。

「私を信用してください。貴方がこの家で居心地の悪い思いをしているのは察して余りあります。色々口出ししてくる者もいるでしょう。ですが私はユーリの味方です。その点だけは信じてもらえませんか」

険悪ではない関係を築けている今、もう一歩切り込むことにした。

敵の懐に飛び込まなくては、勝利を掴めない。多少の危険は覚悟の上だ。

初めから『信用しろ』『味方だ』などと言って近づいてくる輩は如何にも怪しいけれど、現在の実里と彼の距離感ならさほどおかしくはないだろう。

仕掛けるなら、今。

そう確信し、実里はユーリの手を取った。

「私も貴方の家族に加えてください」

無事、元の世界に帰るまでの安心をくれ。

真摯な願いを込め、見つめ合う。数秒か、数十秒か。

実里が反応のない彼に焦れ始めた時、ユーリの指先がピクリと動いた。

「――……ええ、是非。むしろこちらから懇願させてください」

これまでにない笑みを浮かべた彼が目を細める。そこに偽りの気配は微塵もない。息を呑むほど美しい男の笑顔があるだけ。

しかし、期待通りの返事を得たのに、実里は虚を突かれた。

――あれ？　何だか、予測と違う？

潤むユーリの双眸が艶っぽい。ほんのり色づいた頬が、彼の纏う冷徹な空気を一掃していた。

先ほどまでと何かが一変し、形を変えたのが伝わってくる。しかしそれが具体的に何なのかは、実里にはサッパリ理解できなかった。

「セレスティア、僕は貴女に永遠の信頼と愛を捧《ささ》げます」

「……へ？　愛？」

握られた実里の手の甲にユーリの唇が落とされた。気取った仕草が似合う男は、嫣然《えんぜん》と微笑む。

残されたのは、柔らかな口づけの感触。

それから実里が盛大にやらかしたかもしれない可能性だった。

第四章　攻め過ぎたプランB

あの日から、確実かつ大きな変化があった。

言わずもがな、実里とユーリの関係性である。

それまでは同じ屋根の下で暮らしつつも、二人の間には微妙な壁があった。アンガスタ侯爵の実子でありながら遠からずこの世を去る『期待されていない娘』と、跡取りになるためだけに引き取られた『遠縁の男』。

いずれ地位も権力もセレスティアから奪うのが、ユーリの存在だった。これで仲睦まじく付き合う方が不自然である。

極力関わることなく視界にも入れないのが平和的だったのは、想像に難くない。おそらくセレスティアもそう考えたからこそ、彼と交流を持たなかったのではないか。

しかしそれらの経緯を丸ごと無視し、壊そうとしたのは、実里の方だ。

面倒な大人の事情など知ったことか。親しくしておけば簡単には殺されないだろうという思惑で彼に取り入り、途中までその作戦は順調だったはず。

しかしとある瞬間から、こちらの想定以上の急接近を果たしてしまった。

あの日、何がきっかけだったのか、未だ思い返してみても判然としない。しかし明らかにユーリの行動が変わった。実里に対してどこか試すようだった言動が鳴りを潜め、他人行儀さが皆無になったのだ。

さりとて『家族』と呼ぶには距離が近過ぎる。

たとえば『弟』は、イライザの仕事を奪いかねない勢いで『姉』の世話を買って出たり、自由時間の全てを使って尽くしたりはしないだろう。意味深に見つめ、隙あらば触れようともしないに決まっている。

先日などは、庭の散策中によろめいた実里を抱え上げ、そのまま部屋に戻るのかと思えば横抱きで散歩続行された始末。

——あれは本当に恥ずかしかった。イライザや庭師にまで目撃されて……あらぬ噂《うわさ》が立ったらどうしてくれるんだ。

普通、成人した男女は兄妹であってもここまでベタベタしていないはず。

それこそ溺愛している新婚夫婦でもない限りは。

——もしくは下僕と主人？　いや、厳しい運動部の先輩後輩関係？　ああ、高校の部活動はそんな感じだった。一年生はゴミ、二年生が人間、三年生は神みたいなランク付けだった。今思えば馬鹿らしいな。

だが一番の難問は、昼間ユーリの干渉が増したことだけではなかった。

――昼のことはまだいい。いや、ちっともよくないしもう少し控えてほしいが……この際許容できなくもないと思い込もう。でないと話が先に進まない。

今実里の頭を悩ませる最大の案件。それはとにもかくにも夜のマッサージのことだった。

ただでさえ以前からやり過ぎだと感じていたのに、最近はそれを遥かに超えている。

太腿や胸元を掠めるに止まらず、昨晩は腹も揉み解された。腸の働きを整えると肌の調子がよくなり、免疫向上に繋がることは、実里だって知っている。

便秘気味だと色々支障が出るし、食事量が未だ多くないセレスティアの身体は、お通じが滞りがちなのも事実だった。

――でもだったら自分で何とかする。背中は無理でも腹なら自力で揉めるじゃないか。

ああそれなのに。

まさかベッドに腰かけたユーリの足の間に座らせられ、背後から抱きかかえられる形で腹を撫で繰り回されるとは思わなかった。

あまりのことに呆然とし、反応できない間に逃げられない体勢に抱え込まれてしまったのだ。

――何故あの時、死に物狂いで抵抗しなかったんだ！　ユーリの顔面に頭突きの一発でもお見舞いすれば解決した。もしくは肘鉄《ひじてつ》でも拘束は緩んだはず。たかがあれしきのことで、動けなくなるなんて情けない。

思い出すと羞恥で居た堪れない。

穴があったら入りたいとは、まさに今の実里の心境を言い表していた。

――無力な乙女じゃあるまいし。押さえ込まれて手も足も出なかったなんて、黒歴史だ。だけどセレスティアである私が突然暴れたら面倒なことになるのが目に見えている。

八方塞がり。あの場合どう躱すのが正解だったのか、誰か教えてほしい。

実里は今ほど男を手玉にとる女に教授願いたいと思ったことはなかった。

――夜のマッサージの件をイライザに相談したいけど、こんなこと軽々しく話せるわけがない。庭での出来事だって驚かせてしまったのに、遅い時間ユーリが私の寝室に出入りしているとなれば、余計に誤解されかねない気がする。

さりげなくイライザに『他人である未婚の男女が夜に室内で会うのをどう思う?』と聞いたら、『はい? 人さまには言えないかがわしい関係の密会ですか?』と怪訝な顔で問われてしまった。

この世界では特にたいしたことではないのかと簡単に考えていたが、やっぱり違う。

正式には家族ではない男女が、夜に室内で二人きりになるのは普通ではないのだ。

しかもベッドの上で触れ合うなんて際どい状況になっているのを誰かに目撃されれば、えらいことになる。

セレスティアの両親がどう判断するか未知数でも、これまで通りとはいかないだろう。

実里が療養所や修道院など他所へやられるならラッキーかもしれないが、万が一ユーリが跡取り候補から外されるなんてことになれば、確実に悲劇へまっしぐらだ。

——彼は屋敷を追い出される前に私を亡き者にしようとするに決まっている。どう考えたって、それが一番手っ取り早く確実だ。

アニメの設定なんて緩いと舐めていた自分を殴り飛ばしたい。

何故初めの時点でもっと警戒をしなかったのか。最初にユーリの『身体を解せば効率的に疲れを癒《いや》せますよ』という提案を断っていたら、こんな事態にはならなかった。

後悔先に立たず。実里は一人ベッドに突っ伏して懊悩《おうのう》した。

——今夜も多分間もなく彼がやってくる。今からでも追い返す？　もう来なくていいって伝えれば、無理やり部屋に入ってくる真似はしないだろうし。

だがその後のことを考えれば躊躇われた。

——せっかくいい感じの関係を築けたのに、ユーリの機嫌を損ねたら厄介だ。彼の信頼を失えば、私の命は風前の灯火《ともしび》。まだこの屋敷を出て一人生きていける逞《たくま》しさはない。せめてもう少し健康になってからでないと。

思考は堂々巡りしている。この数日同じことの繰り返しだ。『でも』『だって』ばかりが渦巻いて、決断できないままズルズルと何日経過したのか。こんなに優柔不断な自分は初めてだった。

何せ命がけ。簡単には判断できない。

そうして頭を抱えている間に今夜も扉を控えめにノックされ、実里は肩を強張らせた。

「——失礼します、セレスティア」

実里が入室を許す前に、ユーリがさも当然の顔をして寝室へ入ってきた。最初に咎《とが》めなかったせいで、いつしかなし崩しになってしまったのだ。

それだけでもう、相手に主導権を握られている心地になる。実里は動揺しつつも、今夜こそおかしな方向へ向かう流れを、自分がコントロールできる範囲に引き戻そうと心に決めた。

——プランBを撤回しても得にはならない。プランAにいい影響もあることだし。ただしもう少しこう、『普通』の親しさを維持させてくれ。

せめてベッドの上という危うい場所から移動すべく、実里は立ち上がって彼を迎え入れた。

テーブルには酒を用意してある。これで自然にソファーへ着席させる手はずである。

本当は茶を準備したかったのだが、こんな時間に沸かした湯をイライザに頼めば怪しまれると思い、事前に「寝る前に一杯嗜《たしな》みたい」と嘯《うそぶ》いて瓶ごと何本か持ってきてもらったものだった。

——稀にでもセレスティアに飲酒の習慣があってよかった。おかげで不審には思われなかったみたい。っていうか、酒でも飲まなきゃやってられない。

「珍しいですね。貴女がお酒を飲むなんて」

「はは……たまにはいいかなと思いまして。このところ体調は安定していますし」

「今日は庭園の端にある四阿《あずまや》まで足を延ばせましたものね。祝いたくなる気持ちは分かります」

たかだか庭の端まで行けただけで祝うも何もないのだが、彼は納得しソファーに腰を下ろしてくれた。

作戦成功だ。これでドギマギする状況に追い込まれることなく、冷静に話ができる。

実里もユーリの向かいに素早く座り、早速グラスに酒を注いだ。

「どうぞ。あまり度数の高いものではありません」

「いただきます。お酒が嫌いでないのなら、今度セレスティアが好みそうな銘柄をプレゼントしますよ。甘く口当たりのいいものがお好きなんですね」

「はぁ、まぁ……」

実里が最も好きなのは芋焼酎である。だが真実は告げられず、曖昧に微笑んだ。

――病弱な令嬢が『屋敷にある一番キツイ酒を持ってこい』なんて言えなかっただけなんだが……まぁ、いいか。

ちなみに好きなつまみはスルメだ。考えただけで口内に唾液が溢れた。

――乾物が恋しい。いや今考えなきゃいけないのは健全な親しさを育むには、何が有効かだ。スルメのことはひとまず忘れよう。私としては共に汗をかくのが近道だけど、問題はこの身体とユーリじゃ、到底同じメニューを消化できないってことだ。

実里は甘くとろみのある液体を無心で飲み下し、彼にどう切り出そうか窺った。

いきなり『腹筋は得意ですか』とか『夕日に向かって走ろうぜ』では、完全にイカれた女である。

そもそもこちらがついていけない。ならば一つの目標に対し、協力して事に当たるのが理想。

――でも肝心の目標が見つからない。机並べて勉強しましょうなんて言ったら、私がアンガスタ侯爵家の家督を諦めていないと勘違いされかねん。

定番としてはダンスの練習か。そう考え、即座に実里は却下した。歩くのがやっとの病弱さで、踊るのは自殺行為。

ならば趣味の共有とも思ったが、この世界にどんな娯楽があるのか未だ知らない。迂闊《うかつ》なことを言って、常識がないとバレても困る。

――詰んでいる。それじゃ精々身体的接触を減らす努力以外、できることはなさそう。今後もこうして会話の時間を引き延ばして――

「セレスティア？　顔が赤いですが、大丈夫ですか？」

「えっ」

視界を突然、黒髪に黄金の瞳の超絶美形が占めた。

何を問われているのか分からず、実里はぱちくりと瞬く。だが次の瞬間、フワフワとした感覚に頭が揺れた。

――ん？　何これ？

酒に強い実里は、あまり酔ったことがない。気持ちよくなることはあっても、記憶が飛んだり翌朝頭痛に悩まされたりした経験は一度もなかった。

だからこそ、今夜も特に気にせずアルコールを喉に流し込んだのだ。別段考えることなく、立て続けに三杯ほど。

――あ、そういえばこの身体で酒を飲んだのは初めてだった。

以前の自分とは何もかも違うセレスティアの肉体。そのことは重々理解していた。できることとできないこと。けれど飲酒量の限界値については、ウッカリ頭から抜け落ちていた。考え事をしていたせいもある。

――不味い。これが酒に酔う感覚？

思考力が鈍って、視界が滲む。五感の全てに紗《しゃ》がかかったようにぼんやりとしていた。

完全にいつもの自分とは違う。

座った姿勢を維持するのも難しい。上体がグラグラし、焦りを押し退《の》け変に愉快な気分になってきた。

――だって私がアニメの世界にいるとか……馬鹿らしさも一周回って面白過ぎる。ごちゃごちゃ考えても無駄じゃない？　笑えてきた。

思い悩んだところでなるようにしかならない。帰れないかもしれない不安をごまかすために『生き残る』目標を掲げていたが、『だからどうした、何とかなるだろ』と根拠のない楽観的な気分が酒の力で盛り上がったのである。

――後ろ向きに考えるのは性に合わん。謀略を巡らせるのも怠い。ここはいっそ現状を楽しむくらいが私らしいんじゃないか？　ああ、そうだ。我慢は身体に悪い。好きなようにやってやる。

酩酊《めいてい》感が実里の気を大きくさせる。

ずっとセレスティアの身体で目覚めて以来、抑圧されていたものが一気に解放された気分だ。

解き放たれてはいけないものまで、自由の翼を手に入れてしまった。

──もう、無理。だって私貴族令嬢の生活なんて分からないし、そもそもこの世界の住人じゃない。上面《うわつら》の会話で探り合うなんてストレスが溜まる。今夜はもう飲んでやる。酒を酌み交わせばユーリとだっていい感じに打ち解けられるに違いない！

げに恐ろしき酒の勢い。酔っ払いに常識は通じない。

実里は更にもう一杯自らのグラスに酒を注いだ。

「ユーリも飲んでいます？」

「え、ええ。それよりセレスティアはそれくらいでやめておいた方がいいのでは？　いくら体調がよくても、急に沢山飲めば身体に障りますよ」

「ははは、この程度ジュースと同じですよ」

「いや、でも」

好みではない甘い味でも、久しぶりのアルコールだと思えば悪くなかった。それとも味覚がセレスティアのものだからなのか。

実里は並々と注がれた液体を一気に呷る。

彼のグラスが開いているのに気が付いて注いでやろうとしたが、既に瓶は空になっていた。

「あれ……もうない。もう一本開けますね」

「いえ、結構です。僕は甘い口当たりの酒は得意ではありません」

「そうなのですか？　ではユーリの好きな種類を持ってきてください」

「はい？」

こちらとしてもまだ飲み足りない。それにそろそろ辛口の酒も恋しくなってきた。

「セ、セレスティア？　どうしたのですか？」

「どうもしません。貴方の部屋にあるんですか？　それなら今すぐ持ってきてください。一緒に酒盛りしましょう」

「酒盛り？」

「あるんですか、ないんですか？　どっちです？」

飲まなきゃやってられない。そんな気分が破裂しそうなほど膨らんで、実里は酒を欲した。程よい酔いが警戒心を鈍らせる。すっかりセレスティアの振りをするのを忘れ、安居酒屋にいる気分になっていた。

「敵のフィールドで戦うって、思った以上に難しい。アウェーってやつ？　普段なら平静を保てても、ちょっとしたことで動揺したり判断力が鈍ったり。ただでさえ病弱っていうとんでもないハンデを抱えているのに、今日まで頑張って生き残っている私は、わりとよくやっている方じゃない？」

「すみません、セレスティア。いったい何の話ですか？　敵？　生き残る？」

「やだな、ユーリが一番分かっていると思うのに。ああまぁ、全部あけっぴろげにされても、私も困るんですけど」

殺意剥《む》き出《だ》しで接触されても、今の実里には捌《さば》ききれない。

彼が隠すつもりなら、それでいい。表面だけでも平穏な日常を保ちたかった。

「それで？　酒はまだですか？」

何はともあれ、話はそれからだ。そんな気分で実里は据わり気味の眼差しをユーリに向けた。

傍から見たら、カツアゲである。

「……そんなに飲みたいのでしたら、持ってきます」

明らかに困惑しつつ、彼は席を立った。完全に実里の圧に屈した形だ。豹変《ひょうへん》したセレスティアの様子に内心ビビっているのかもしれない。ただし表向きは全く顔色が変わっていないのは、流石だった。

とはいえ、初めて実里は主導権を握れた気がする。それが誇らしくて、機嫌がだいぶ上向いた。勿論酒の効果もあるだろう。

――セレスティアの身体は酒に弱かったのか。でも気持ちよく酔うのは私も初めてだから面白い。

ユーリが戻ってくるまでニヤニヤし、彼が酒瓶を手に扉を開いた時には、実里は脚を組んでふんぞり返っていた。

「遅いじゃないですか」

「……それは失礼。せっかくなので、つまみも用意してまいりました」

「へぇ。気が利きますね」

もはや『セレスティア』から完全に『実里』に戻っているとは気づかず、上品さの欠片もない笑顔を浮かべてしまった。

——この世界に来てから初めて、楽しいと感じている。

誰の顔色を窺うことなく、媚びることなく、小さくなって周囲を警戒し続けることもなく。

自由にやりたいことをやっていた本来の自分を取り戻した気分だ。

彼が注いでくれた新たな酒を受け取り、実里はニンマリと笑みを深める。

もう明日のことなんか知らない。ひとまず今夜を楽しみたい。

ご機嫌な気分でグラスに口をつければ、先刻の甘口の酒とは全く違う強い酒精が喉を焼いた。

——これこれ、これが欲しかった……！　やっぱ使うべきは頭じゃなく身体だわ！

全身に血が巡る気がする。体温が上がり、心拍数も上昇した。しかし体調不良からくる異変ではなく、ひたすらに気分がいい。己の快調さも嬉しく、実里は更に喉を潤した。

「美味……っ」

ユーリが持ってきたつまみはチーズと乾燥肉、ナッツなど。塩味が丁度いい。

その辺りも『分かっているな』と謎の上から目線で実里はありがたくいただいた。

「合う」

「気に入ったのなら、よかった。ですがこの時間に食べ過ぎないよう気を付けてください」

「腹に溜まるほどの量ではありませんよ」

「最近ようやく三食を完食できるようになった人が、何を言っているんですか」

指摘はごもっとも。実里だって調子に乗って、また寝込みたくはなかった。

「……ですが、セレスティアの食欲があるのは、とても喜ばしいです。以前はそれこそ、小鳥よりも食べられないくらいでしたから。その当時と比べたら、信じられないほど丈夫になられた」

「動けば腹は減ります」

「その『動く』ことがこれまでの貴女には難しかったでしょう。セレスティアは本当に努力家です」

褒められるのは擽ったい。実里は照れ隠しにナッツを口へ放り込んだ。

「でもまだまだですね。誰の手も借りずに好きなように身体を動かせるようにならないと。庭の四阿まで行けただけで喜んでいる場合ではありません。どこでも行けるようにならなくちゃ」

でなければここから逃げ出せない。

実里は小さく頷き、決意を込めて拳を握りしめた。いつか必ず帰るのだ——と闘志を燃やして。

「……どこか行きたいところがあるのですか?」

「え、ぁ、まぁ。世界は広いですし」

急に彼が硬い声を出したので、実里は驚いて視線を上げた。するとユーリがこちらを凝視している。突き刺さるほどの強い眼差しに驚き、反射的に実里は身体を引いた。

「——僕の知らない場所へ行ってしまうかのような言い方ですね」

大正解だ。つい『ピンポーン』と言いたくなったが、そういう空気でないことは嫌でも分かった。

——何か怒っている? 空気が重い。あ、もしかしてまた私が死を覚悟して『あの世』の話をしていると勘違いされた？

あり得る。これまでも何度か彼は思い違いをしていたではないか。

「あ、念のため言っておきますが、私はまだ死ぬつもりはないですよ。そのためにちょっとでも元気になろうとしているでしょ」

「では――純粋にここから去りたいという意味ですか？」

「ええ。ユーリがアンガスタ侯爵家を継いでくれれば安心して私は去れます。貴方に全部押し付けて申し訳ありませんが」

もしやこれは絶好の機会ではないか。

こちらから話題を振っては余計な警戒をされると思い、ずっと後継者問題に関して語るのを避けてきた。

だが今ならハッキリ『私に継ぐつもりはない』と言っても、疑念を抱かれないかもしれない。爵位を放棄し、彼の邪魔をしないと明言すれば、ユーリがセレスティア殺害を目論《もくろ》む未来は完璧に消えるのでは。

――そうだ。いきなり私が『アンガスタ侯爵家を譲ります』と宣言しても不自然だから、遠回しにしか伝えられなかったけど、セレスティアが障壁にならないと分かったら、彼は私を見逃すんじゃゃ？

この世界でも殺人はリスクが高い。

しないで済む選択肢があるなら、快楽殺人鬼でもない限りは選ばないだろう。

──私が逃げ出すまでの猶予を稼ぐより、真の安全を得られるならその方がいいに決まっている。ユーリにも利益しかない。

ある程度関係性を積み上げた今なら、きっと実里の言葉を信じてもらえる。そんな予感がして、思わず顔が綻んだ。

「どこか静かな場所でのんびり生活できれば、私はそれで──」

「行かせませんよ、どこにも」

冷たい声音に遮られ、実里は最後まで言い切ることができなかった。

──え？　幻聴？

こんなに低く凍えた声を彼の口から聞いたことはなかった。そのせいで息を呑まずにはいられない。見開いた実里の目は、驚愕《きょうがく》に染まっていた。

──いや、違う。前にも耳にした。……アニメで。

黒幕がユーリであることが露見し、主人公たちに糾弾されたシーンで。

彼は冷笑を刷《は》いた唇で仲間だった者たちを嘲《あざわら》ったのだ。この上なく冷酷に。一片の慈悲も感じさせず。

根底に燻る怒りを隠し。

「僕の前から消えるなんて許せない」

──つまり消すなら自分の手でってこと？　まさかユーリは快楽殺人鬼？

何故彼が立腹しているのかは甚だ不明でも、実里は自分がとんでもない地雷を踏み抜いたことが理解できた。知らないうちにえげつない地雷原を突き進んでいたらしい。

——待って。どこで道を間違った？

つい数秒前まで、全てが順調で順風満帆《じゅんぷうまんぱん》だった。最高の波に乗り、互いに危険な橋を渡らず、望むものを手に入れられる流れだったではないか。

それなのに実里は一転窮地に陥っている。酔いは一気に醒《さ》め、混乱だけが頭を一杯にした。

——いつ選択をミスったか、いくら考えてもまるで分からないんだがっ？

テーブル越しにユーリが身を乗り出すのを、実里は身じろぎできず見守った。

動けば殺られると本能が叫んでいる。相手の出方を窺っている間に、彼の手がこちらの頬へ添えられた。

——間合いに入られた……！

搦め捕られた視線は逸らせない。背後に逃れようにもソファーの背もたれが邪魔だ。それ以前にセレスティアの身体に、俊敏性は期待できなかった。

ジリッと二人の距離が駆逐されてゆく。整った顔が表情を凍り付かせると、こうも恐ろしいものなのか。

ユーリは元から表情豊かではないけれど、完全に感情を窺わせない顔は、これまでにない圧を伴っていた。

万事休す。今日が実里の命日であったらしい。

せめて最期に一撃お見舞いしてやると右手を握りしめた瞬間。

実里の唇へ柔らかいものが触れた。

「……っ」

それが何であるのか、考えるまでもない。何故なら一部始終が視界に入っていた。段々接近してくる彼の顔。薄く開いた男の唇。焦点が滲む距離で、ユーリの衝撃的な睫毛の長さも。口づけされるまで一度も瞬きせず、実里は全てを目撃していた。

ただし理解が追い付いてこない。頭の中が真っ白になり、疑問符のみが乱舞した。

「……いつからか、セレスティアは変わりました。それまでアンガスタ侯爵家にも僕にも関心がないと言いたげに『終わり』を見据え、誇り高く淡々と生きているようだったのに。それが数か月前から急に生命力を漲らせた」

「……え」

見破られていたのか。セレスティアの中身が入れ替わっていることまでは分からなくても、彼は違和感を抱いていたに違いない。

それが今夜、確信に変わった。実里の迂闊な言動のせいで。

――ごまかしきれる予感がしない。

適当な言い訳なんて、おそらくユーリには通じない。彼は簡単に騙される人間ではなかった。

「一人見えないところで努力する強さは変わりませんが、瞳に宿る意志の種類が別物です。かつての貴女は、己に恥じないよう背筋を伸ばし静かに運命を受け入れようとしていた。でも今のセレスティアは、全力で生きようとしている」

勘がよすぎて空恐ろしい。

全問正解と白旗を揚げたいが、ここで降参すれば実里に待つのは最悪の結末。

それだけは回避すべく、全力で退路を探った。

「考え方が変わっただけですよ」

「かもしれませんね。でもそれだけでは説明しきれない。時折言葉遣いも違いますし、ふとした拍子に別人としか思えなくなる」

「こ、高熱で魘《うな》されてから、記憶が曖昧になることがあります。そのせいではありませんか？」

「それは充分考えられますね。僕としても、貴女が突然別人になったなんて馬鹿げた考えだと思っています。こうして至近距離で見つめても、セレスティアにしか見えない」

――そりゃそうだ。この身体は間違いなくセレスティアなんだから。

「……僕も少し酔っているのかもしれません」

「いけませんね。ではお開きにしましょう」

戦略的撤退だ。

今夜は全部酒のせいにして、リセットしよう。明日の朝になれば、妙案が浮かぶかもしれない。

どさくさに紛《まぎ》れてキスもなかったことにするつもりで、実里はそそくさとテーブルの上を片付け始めた。

「……やはり、貴女は僕が知っているセレスティアとは少し違う。彼女なら、こういう時自分で片づけるなんて発想はない。生まれながらの令嬢であり、長らく病床にあった人ですから、誰もセレスティアに掃除なんて求めません」

「あ」

やってしまった。無意識で、つい。

使用人に世話してもらうことには慣れたつもりだったが、ここにイライザがいなかったので実里としての習慣が出てしまった。

「こ、これは……っ」

「だけどどちらでもいい。僕は以前の貴女にも今の貴女にも魅了されている」

大きな手に引き寄せられ、身を乗り出す。テーブルの上で空のグラスが倒れたが、それを気にかける余裕はなかった。

二度目の口づけで、呼吸を忘れたからだ。

後頭部と腰に添えられた手に力強く抱き寄せられ、実里の身体はテーブルへ乗り上げる状態になる。

唇は奪われたまま。拒もうにも、力の差は如何ともし難い。成す術なくそのままユーリの胸へ囚《とら》われた。

——何だこれ。私、何故彼とこんなことしているの？

淫靡な雰囲気になりたくなくてマッサージを回避したのに、もっとドえらいことになっている。

気のせいかな？　では済まない状況に、実里の混乱は頂点に達した。

「んんッ」

もがこうとした手は易々《やすやす》と押さえられ、振《ふ》り解《ほど》こうとした唇は首を左右に振ることもままならなかった。

ならば蹴りをと脚に力を巡らせようとしても、虚脱している。

恐怖で委縮しているのではない。舌を搦められる快感に、全身から力が抜けてしまっていた。

――何で……ゾクゾクして頭がぼうっとする。

再び酔いが回ったのか。それとも生まれて初めてのキスに酩酊したのか。

惑乱する脳では思考が纏まらない。ただ口内を蹂躙《じゅうりん》されるだけ。

実里の鼻から漏れた吐息は、明らかに艶めいて淫らな音を孕んでいた。

「は……ふ……っ、ん、っぅ」

「……っつ、……やってくれましたね」

だが好き勝手されるのはご免である。

うっとりしかける精神をしばき倒し、実里は渾身の反撃を繰り出した。どうにか自由に動かせる顎に命令を下し、彼の舌に歯を立てたのだ。

「……ふ、まさか噛みつかれるとは思いませんでした」

少量血の混じる唾液を拭う仕草が、実に淫靡だ。腹を立てていないのか、ユーリはむしろ嫣然《えんぜん》と微笑んだ。

「セレスティアが簡単に堕ちる人ではなく、嬉しいです」

「ドエムかよ」

「ドエム？　また僕の知らない言葉ですね。ぞんざいな口を利く貴女も魅力的です」

——ヤバい。私、変なスイッチを押してしまったかもしれない。

命の危機とは別の危険がこの身に迫っているのを感じる。それはもうひしひしと。

逃げなくては、と本能が叫ぶのに身体はちっとも意のままにならなかった。

おかしな愉悦が肌を粟立たせる。辛うじて被っていた紳士の仮面をかなぐり捨てた彼から目が離せない。危険な色を帯びた黄金の瞳に射すくめられ、実里は体内が疼くのを感じた。

強敵と対峙《たいじ》した気分。または憧れの選手を目の当たりにした際とも似ている。同時にそれらとは別物でもある興奮。

名づけようもない不思議な感情が渦巻いて、逃げる気持ちが急速に萎《しぼ》んでいった。

——私、変だ。

理性は今すぐユーリから距離を取れと訴えている。

現在、実里は彼の膝の上に抱き上げられ、ネグリジェの裾は太腿まで捲《まく》れていた。こんな卑猥《ひわい》な状態で、しかも二回もキスをされたなんて大ピンチである。

貞操の危機と、秘密の露見、そして未だ去らない命を脅かされる危険。

どれも後回しにはできない難題であり、絶対に脱しなくてはならない窮地だった。

だがゆっくりと腰を撫でられ、愉悦が走る。

更に身体が引き寄せられれば、寝間着の裾はますますずり上がった。白い腿が露出して、息が凝る。

剥き出しの素肌をなぞられ、実里は小さく喘いだ。

「んん……ッ、この……っ」

「セレスティア、僕を拒まないでください。ひどい真似はしたくない」

「ひどいって――」

まさか暴力ではあるまいな、と実里の眉間に皺が寄った。弱者に対して手を挙げる人間は絶対に許せない。その場合はこの身体の骨が折れようと、全力でやり返す所存だ。

「貴女が前と変わっていても構いません。でもセレスティアはそれを隠そうとしている。僕にバラされては困るのでは？」

「脅迫？　どうせ誰も信じやしない。ユーリがおかしなことを宣《のたま》っていると呆《あき》れられるだけでしょう」

「貴女を脅すつもりはありません。これは、哀願です」

苦しげに囁《ささや》かれ、実里は身体の芯がゾクゾクするのを感じた。

優しく強制されている。声を荒げていなくても、恫喝《どうかつ》に等しい。そして彼自身苦悩しているのが伝わってきた。本当は実里を嚇《おど》かしたくなどないのだろう。

それでも他に方法が分からなくて、こんな手段に出たのではないか。望みを、叶えるために。

――この場合、ユーリの願いは、私？

普通に考えれば、他人を脅迫して意のままにしようとするなんて犯罪だ。おそらくそれは彼も分かっている。にも拘らず良心を捻《ね》じ伏せ、悪いことだと知りつつ罪を犯してまで実里を求めているとしたら。

背筋を戦慄《おのの》きが駆け上った。

――まさかの性癖ド真ん中。

幼い頃、同じ施設で暮らしていた少女とした会話を唐突に思い出した。

どんな人がタイプか、ませた子どもの他愛無《たあいな》い話。その中で実里が返した答えは、『罪悪感を抱きつつ堕ちていく悪人』だった。

我ながら拗《こじ》らせている。非常にマニアックだ。とても十歳前後の少女の趣味とは思えない。しかし、性癖とはそんなものであり、その上、年を経ても案外変わらない。

実里は基本的に異性に興味がなく、恋愛事にも淡白だ。己の人生において、優先順位は甚だしく低かった。

王道の王子様も、頼《たよ》り甲斐《がい》のある愛すべき脳筋も、毒舌無邪気も、情に厚いクールさも魅力的とは思えなかったのだ。顔の良さも武器にはならない。

ましてただの根暗だと見做《みな》していたユーリには、ちっとも惹かれる要素がなかった。

その後アニメのストーリーが終盤に差し掛かり、彼の裏切りが露見して、華々しく悪の道を歩むユーリを見ても、実里の心は一ミリも動かなかった。

何故なら、彼が罪悪感なんてこれっぽっちも抱いていない、見事なまでに極悪非道だったからである。

――でも今は。

ユーリの懊悩が透けて見える。苦痛に顔を歪め、本意ではない言葉で実里を搦め捕ろうとしていた。どれだけ卑怯な真似をしても、手に入れたいと望んで。

――……っ、そういうの、嫌いじゃない。

理性が根幹から揺らがされる。現実にいたら絶対に関わりたくないタイプだと思っていたが、こうして実里の理想が目の前に現れると、前言撤回したくなった。

アリだ。ありがとうございますと頭を下げたくなるくらい、合格である。

――誰かのファンになって応援するなんて、憧れのキックボクサー以来。まさか私の心臓がこんなに高鳴ることがあったなんて……

それも、アニメのキャラクターに。

――だけど今の私にとっては、これが現実世界だ。

二次元ではない。実里にとっては紛れもなく三次元。リアルなのだ。

「セレスティア……僕から離れていこうとしないでください」

一度意識してしまうと、囁き声ですら強力な媚薬《びやく》に成り代わった。

耳に注がれ、内側から実里を蝕《むしば》む。口づけの感触が生々しく思い起こされ、頬がより上気した。

触れられている場所の全てが熱い。吐息が絡む至近距離で、二人の視線が絡まり合う。

血の跡が残るユーリの口元が蠢《うごめ》き、実里は再び濃密なキスをされた。

「は……っ」

耳朶《じだ》を擽る指先がいやらしい。うなじを撫でる手付きも。何よりこちらの舌を誘い出す淫蕩な誘惑に、初心者である実里が抗えるはずがなかった。

「ん、ん……っ」

しかもセレスティアの身体は、おそらく実里のものより刺激に弱い。痛みだけでなく快楽にも。

無視を貫くには甘い愉悦が、アルコールの残る身体に染み渡っていった。

「あ……っ」

はしたなくも敏感に尖った胸の頂が、ネグリジェの布に擦れる。掻痒《そうよう》感が快楽に変換され、実里は押し殺した声を漏らした。

――この程度のことで、チョロ過ぎるでしょ、セレスティア。でも私も人のことは言えない。

悦楽に溺れかけているのは肉体でも、断固拒否できない心は実里自身のものだ。

こんなことは絶対に拒むべきなのに、どこかで『ま、いいか』と思っている自分がいた。

どうやら実里の好みはニッチ過ぎるあまり、これまで『タイプの相手』が現れず、色恋に興味が湧かなかっただけらしい。そこへ事故のように逸材と遭遇してしまったせいで、冷静さを完全に欠いていた。

——待て待て、いいわけない。しっかりしろ私。ここは私がいるべき場所じゃない。そしてこの身体は他人のもの。勝手に使うのは、いくら何でも倫理に反する。

病弱だったのを鍛えて健康にするのは感謝されるかもしれないが、どう考えても男性経験がない深窓の令嬢のほにゃららをアレコレするのは非道だ。

仮にこの世界が創作でも、実里には人としての心と良識がある。

全力で一歩踏《ふ》み止《とど》まらねばと、口から飛び出しそうな心臓を宥《なだ》めすかした。

「落ち着いて、ユーリ」

「……愛しています、セレスティア」

反則だ。赤く染まった目尻の色香と、麗しく細められた双眸に撃ち抜かれた。

男性をこれほど官能的だと感じたことなんてない。アイドルや俳優の際どい写真を見ても、実里は無反応を貫けた。

けれどユーリが放つ艶は、殺傷力抜群過ぎる。

人によっては一発ＫＯかもしれない。実里も呼吸を忘れて凍り付いた。その隙に抱き上げられて、ベッドへ運ばれ押し倒される。

——ぼうっとしていたら、ヤられる……！

ただし、これまでずっと感じていた『殺られる』の方ではなく。初めて感じる種類の『犯られる』危機感だった。

──いや、彼が想っているのはセレスティアであって、私じゃない。ドキドキしてどうするんだ。

「さっき貴方が言ったじゃないですか。私は変わったって。以前の私と同じだと思わない方がいいですよ？　か弱い令嬢だと舐めないで」

「僕も言いましたよね？　以前の貴女にも今の貴女にも魅了されていると。どちらのセレスティアも愛しています。根源は同じだと感じている。……この家で、僕を理解してくれるのは、貴女だけ。弱さを見せられない僕たちはよく似ていると思いませんか」

ユーリの言葉が嘘か本当か、判断できるだけの材料も経験値も実里にはない。

もしかしたら上手く掌で転がされている可能性もあった。彼がストーリー通り大悪党になるのなら、何もかもが仕込みかもしれないのだ。

──手懐けられているのは、私？　自分は今、本当に猛獣を檻《おり》の外から眺めていると断言できる？

気づかぬうちに同じ檻の中に閉じ込められているのでは。それどころか、実里の方が囚われているとしたら。

「傷を舐め合う趣味はない」

「セレスティアのそういう毅然とした態度が、以前から眩しかった。僕も慰め合う温《ぬる》い関係が欲しいわけじゃないです。寄り掛かるのも、寄り掛かられるのも苦手です。だけど貴女となら、対等に支え合える気がしました」

「……っ」

心に響いた。いちいち実里のツボを突いてくる。物理的にも精神的にも。

張り巡らせた心の壁は、少しずつけれど着実に崩されつつあった。

「セレスティアは僕の鎧を言葉や視線一つで巧みに剥《は》がす。それなら貴女にとって僕もまた、弱さを露呈できる存在でなくては不公平だと思いませんか?」

「とんでもない詭弁《きべん》だな。言いがかりも甚だしい」

相手に罪悪感を抱かせて選択肢を狭めるのは、詐欺師の手口だ。本当に腹黒い。流石はこの先稀代の悪役に成長するだけある。

けれど実里にとって『魅力的な誘惑』であるのも事実だった。

――紛れもなく悪い男だ。それでいて、罪悪感を捨てられない弱さもある。

彼を完全に掌握するには、何が正解か。未だ実里には分からない。

けれど一つだけハッキリしているのは。

――ユーリを拒絶するよりもあらゆる手段で味方にした方がいい。――それに、これまでの私の人生で、こんなに誰かに求められたことがあった?

建前や言い訳を取っ払って正直になれば、実里自身が彼を受け入れたがっていた。

タイプであるのと同時に、なりふり構わず欲されている歓喜がこの上なく心地よかったからだ。

――チョロいのは、セレスティアよりも私だ。騙されているかもしれないのに、この男の毒を味わいたくなっている。

危険だと理解していて尚蠱惑的《こわくてき》で、妙に惹かれる。おそらく実里の厄介な癖のせい。危ないと言われるものほど、手を出したくなって、好奇心が刺激される。ギリギリのやり取りの中でこそ、生きている実感が湧くのだ。

——まだ引き返せる。だけど、引き返したくない。

だが好き勝手されるのは、やはりプライドが傷つく。ならば実里は流されるのではなく、自ら濁流に飛び込む決意を固めた。

——毒を食らわば皿まで。私とセレスティアの根っこの部分が同じなら……彼女もきっと同じ選択をする。そう思い込んでやる。

実里はユーリの胸倉を掴み強引に引き寄せながら、頭を起こした。

彼が驚きに目を見張る。その様を瞬きせず見つめ、実里は自らユーリへ口づけた。

瞼は閉じない。焦点が滲んでも睨《にら》む勢いで凝視し続ける。

すると瞠目していた彼も、しっかりとこちらを見据えてきた。

閉じあわされていた男の唇がゆるりと開かれ、肉厚の舌が淫靡に蠢《うごめ》く。誘い出された実里の舌は柔らかく絡ませられ、混じった唾液を嚥下《えんげ》した。

甘い。仄かに血の味が混じっている。

他人の体液が甘いはずがないのに、先ほど飲んだ酒よりも喉越しよく実里を酔わせた。

ほんのりとアルコールの余韻が鼻に抜け、それすら二人の興奮に拍車をかける。酩酊感に抗うことなく、逆にもっと味わいたくてキスが深くなった。

口内を舌先で擽られ、歯列を辿《たど》られる。粘膜を擦り合わせ淫らな水音を奏でれば、体温が更に上がった。

無意識に肢体をくねらせる度に、寝間着の裾がずり上がる。剥き出しになった太腿へユーリの掌が触れ、その熱さに実里の吐息が濡れた。

「ぁ……っ」

何もかも初めて。よもや他人の身体でこういう経験を積むとは思わなかった。けれど初めはどうにも慣れなかったセレスティアの身体が、今はしっくり馴染みつつある。手足の長さや重みにも、違和感はない。

思う通りに動かせないのは相変わらずでも、もはや実里の感覚とズレはなかった。

だからこそ、快感もダイレクトに伝わってくる。

産毛を撫でる仄かな接触で感度が上げられ、湿った吐息で炙《あぶ》られる。

甘噛みされた耳殻《じかく》や首筋は、どうしようもなく火照っていった。

「んぅ……っ、ぁ、待って」

「待てない。待ちたくありません」

余裕のない声でこぼされれば、一層実里の下腹がきゅっと疼いた。未知の反応が、次々と己の身体に起こる。つい膝を擦り合わせてしまうのも、考えてしたことではない。そうせずにはいられないもどかしさがあった。

小振りでも形のいいセレスティアの乳房が、ネグリジェ越しに揉まれて形を変える。頂《いただき》がありかを示して布を押し上げた。そこを軽く爪で引っかかれ、得も言われぬ刺激になる。

自分で胸に触れても何も感じないのに、どんどん追い詰められて実里は顔を手で覆った。

「隠さないでください。セレスティアの反応が見たい」

「そういうところはドエスかよ……っ」

「また僕の知らない単語ですね。ほら、手をどけてください」

決して強くはない力に促され、実里の手は顔から引き剥がされた。真っ赤になった頬は発熱している。瞳は潤み、だらしなく蕩けているだろう。

そんな表情を見られたくなくて隠したのに、いざユーリに暴かれると、不可解な喜悦が実里を震わせた。

――悪い顔しているわ……でも余裕がないのは私と一緒だ。――いい。

さも平常心を装いながら、彼も実里と同じくらい昂《たかぶ》っている。吐き出す息は、滾《たぎ》っていた。

そんな様を見て、こちらも興奮が高まる。欲し、欲される喜びが、末端まで広がっていった。

瞼に、鼻先に、こめかみに口づけられ、その刺激に気を取られている間に寝間着をたくし上げられる。

はっと気づいた時にはもう鮮やかに脱がされ、実里の身体を守ってくれるのは下着のみの有様。

手際の良さに唖然としていると、最後の砦《とりで》である下着も両脚から抜き去られた。

――抵抗する間もない。

考えたり恥じらったりする猶予も与えてもらえなかった。しかしその方が不慣れな実里には都合がよかったとも言える。下手に立ち止まって逡巡《しゅんじゅん》する間があれば、『やっぱり駄目だ』とブレーキがかかりかねない。

どう考えてもこの展開は性急にしておかしいのだ。

――アニメのストーリーを破壊する気満々だったけど、ここからどう転がっていくのかもう想像もつかない。

いい方向へ転じるのか、それとも悪化の一途を辿っているのか。

――考えたって私に分かるはずがない。それなら、好きなように突き進んでやる。

実里の上で膝立ちになったユーリが、乱暴な仕草で服を脱ぎ捨て、獰猛《どうもう》な視線を向けてきた。

つくづく絵になる男である。

現役の男性キックボクサーに引けを取らない見事な腹筋や、無駄のない筋肉の造形が実里の目を釘付けにした。掛け値なしのいい身体。筋肉フェチなところがある実里は、思わずカッと目を見開いた。

――すごい。どんなトレーニングをしたら、あんなに外腹斜筋が鍛えられるの？

触ってみたい。もっと言えば、撫でくり回して観察したい。

本能に忠実になった実里は、純粋な欲求のまま手を伸ばした。

「……っ、大胆ですね」

「いや、せっかくなので」

こんなかぶり付きの席で素晴らしい肉体を鑑賞できる機会は早々ない。ジムや試合でボクサーたちの身体は見慣れているつもりだったが、ここまで接近したのは初めてである。

骨盤の左右から下腹部にV字に盛り上がった筋肉を指先でなぞる。

張り詰めていて滑らかな感触に、実里の内側で淫悦が掻《か》き立《た》てられた。

——本当にすごい。私も元の身体に戻れたら、ガンガン鍛えてみたい。

そうしたら女の身でも理想のボディを手に入れられるだろうか。観賞用ではない実用で。

実里は夢中でユーリの腹筋の凹凸も確かめ、感嘆の息を漏らした。

だが楽しく好奇心のままに振舞えたのはここまで。

彼はしばらく実里の興味に付き合ってくれたが、突然こちらの手首を掴むとシーツに押し付けてきた。

「悪戯《いたずら》はここまでにしてください。これ以上は優しくできる保証がなくなります」

ぎらつく双眸で射抜かれ、不本意ながらときめいた。好奇心と興奮、怯えと躊躇い、それらがごちゃ混ぜになる。

強がりと負けん気に背中を押され、実里は無言で挑戦的な眼差しをユーリへ向けた。

「貴女はいったいどれだけ沢山の顔を持っているんでしょうね。全部曝《さら》け出させたくなる」

実里の片脚を持ち上げた彼が、女の膝を食《は》み、這わせた舌を付け根へ移動させた。唾液の線が秘めるべき場所へまっすぐ向かう。内腿を摩られると肌が粟立ち、実里の心もさざ波だった。

「あ……！」

自分でも用を足したり、風呂に入ったりする時以外、触れない場所。そこへユーリの手が滑り込み、指先で肉のあわいを探られ、実里の腰がヒクリと跳ねた。

「積極的かと思えば無垢《むく》で、セレスティアの反応は全く読めませんね。だからこそ――もっと知りたくて堪らなくなる。他にはどんな顔を持っていますか？　全部、見せてほしい」

「……っ、お喋りな男はあまり好きじゃないんだけど……っ」

「貴女のことを深く知りたい故です。それともセレスティアから聞かせてくれますか？」

「んんッ」

ゆったりと花弁を摩られ、そこが既に濡れているのを突き付けられた。

知識としては、実里だって了解している。女の身体が異物を受け入れるために準備を整えているのだと。だが自分の身体にその変化が起きたのは、少なくない驚きだった。

ヌルヌルと滑る彼の指先が蜜口に触れ、溢れる蜜を纏わせ陰唇が綻び始めるのが感じられる。淫悦が次第に折り重なり蓄積してゆく。

花芯が膨らみ、ユーリの二本の指で摘まれると、実里の腰が敷布から浮き上がった。

「んぁッ」

「僕に教えてくださいませんか？　貴女の好むもの、やりたいこと、行ってみたい場所。小さなことでも全て把握したい」

大半が答えられない質問で、口を閉ざすより他になかった。好むものはともかくも、やりたいことや行ってみたい場所は、絶対に打ち明けられない。全ては『元の世界へ戻る』ことに繋がる。

実里が顔を背けて返答を拒否すると、彼の瞳に剣呑な光が宿った。

「教えてくれないのですね。それでは身体に聞くしかなさそうです」

「え、ちょ……ぁ、あッ」

狭い淫路にユーリの指が押し込まれる。たとえ一本でも無垢な処女地は圧迫感を訴えた。

「痛いですか?」

「い、痛くはないけど……や、ぁッ」

異物感が尋常ではない。しかも中で指を動かされると、引き攣《つ》れる感覚もあった。まだ浅い部分を撫で摩られているだけなのに、新たな淫液が溢《あふ》れ出る。その滑りを借りて、彼の指がより大胆に動いた。

「……ぁ、ん、ぁ、ああ……っ」

「痛みがないなら、安心しました。少しでも辛かったら言ってください。セレスティアの身体に負担をかけたくありません」

「負担って……ひ、ぁ」

「以前の貴女に、こんなことはとてもできません。でも何度も妄想はしていましたよ。だからこうしているのが夢のようです」

紡がれた言葉が信じられない。よもやそんな目でユーリから見られていたとは。

——あのアニメ、子ども向けだったよね？　こんな十八禁な設定が隠されていたの？　いや、そんな馬鹿な。

考えようとした端から思考力は鈍ってゆく。

蜜窟を掘削され、熟れた内壁を弄《いじ》られると、愉悦で頭も身体も満たされた。

隘路《あいろ》を探られながら肉芽を潰され、快楽の水位は果てしなく上がる。実里がのけ反った瞬間、尖った乳嘴《にゅうし》も捏ねられ、限界はあっけなく訪れた。

「あ……ッ」

逸楽が弾ける。光が乱舞し音が遠退いた。

一瞬で全身が強張り、味わったことのない絶大な官能が押し寄せる。

実里の爪先がシーツに皺を刻み、肢体は数度痙攣《けいれん》した。

「ちゃんと達せましたね。貴女が思いの外嫌がっていなくて、心底安堵しています。無理やり奪わずに済みそうで。……初めての男が僕だと、しっかり刻み付けたい」

言葉の端々に宿る危うさが、絶妙なスパイスになって実里を戦慄かせた。

どう解釈しても、危険な男だ。関わらないのが唯一の正解。それなのに裏腹に興味が湧く。

相反する欲望と理性の綱引きは、実里の中で前者が勝利を収めた。

「ひ、ぁっ、も……イッたから……ッ」

「もっと解しておかなくては、セレスティアに苦痛を味わわせてしまいます。それでは貴女がこの行為を嫌になってしまいかねない。せめて僕の身体だけでも好きになってほしいのに」

どんな理屈だと反論するため吸い込んだ息は、卑猥な嬌声《きょうせい》になって漏れ出た。

今度は彼の二本の指が蜜道を犯してきて、親指で花芽を潰される。それだけに止まらず、両脚を大きく開かせられた。

「や……っ」

隠したい場所が思い切り晒されている。じっと注がれる視線が苛烈だ。膝を閉じたくても間にユーリがいるので叶わぬ話だった。

その上彼が悪辣に微笑み、上体を倒してくる。両腿を抱え直された実里はユーリの意図を察したものの、時すでに遅しだ。

「駄目、タイム！」

懸命にもがいても、力の差は歴然。完全に抑え込まれ、彼の黒髪が艶めかしく落ちかかるのを愕然としたまま見守った。

「んぁああッ」

不浄な場所を舐《な》める行為があることは、この歳になれば知っている。体験したことはないし、今後も自分が味わう機会があるとはまるで考えていなかったが。

――信じられない。信じたくない。恥ずかし過ぎる！

しかし現実逃避も許されず、凶悪な快感が実里を襲った。

敏感な蕾《つぼみ》を舌で転がされ、甘噛みされる。口内で弄ばれ吸い上げられれば、再び絶頂へ飛ばされた。

「ひぃっ、ぁ、あッ」

だが達してもやめてもらえず、執拗《しつよう》に肉芽を甚振《いたぶ》られる。扱《しご》かれ弾かれ、実里はたちまち高みへ放り出された。

「んんんッ、ゃ、駄目……っ、変になる……っ」

髪を振り乱し泣き喘いでも、甘い責め苦は終わらない。実里が悶《もだ》えれば悶えるほど、的確に弱点を抉り出された。

淫芽を虐められ、蜜穴を内側から責められる。次第に力加減が強くなっているのに、痛みは全く感じない。それどころか快感が増してゆくのみ。

やがて抱えきれなくなった愉悦が一気に弾けた。

「あ……ぁあああッ」

一際大きな法悦の波に浚《さら》われ、実里の四肢が痙攣した。宙を掻《か》いた踵《かかと》が力なくヒクつく。

疲れ果て、心臓が疾走している。涙の膜が張った視界は歪み、瞬きすら億劫。

ようやくユーリが実里の両脚を解放してくれた時には、もはや指一本動かす気力がなくなっていた。

「そんなにも感じてくれて、嬉しいです。とても愛らしい声を聞かせてくれて、ありがとうございます」

口元を拭いつつ身体を起こした彼が淫蕩に笑う。

嗜虐《しぎゃく》的な色を孕んだ双眸が、陶然と細められた。

「可愛い。反抗的な目をしたセレスティアも、愛しています」

実里の性癖も大概だが、ユーリも相当歪んでいる。つい、呆れと共に顔を顰《しか》めてしまった。

「前より表情豊かになりましたね。その調子で、もし辛いことがあれば遠慮なく僕に明かしてくれると嬉しいです」

どこまでが本音か不明な睦言《むつごと》を、信頼しきれるはずもない。けれど耳障りでないことは紛れもない事実だった。むしろ心地よく鼓膜を揺らす。つい頷きたくなってしまう程度には。

「セレスティアが全て預けてくれるようになるまで、僕も頑張ります。ですから――突然姿を消すことはしないと誓ってください」

口先だけの約束なら、いくらでもできる。ただ、不誠実な真似が実里は嫌いだ。

そのため軽々しく嘘を吐けず、数秒口籠った。

「……仮に姿を消したとしても、いずれは戻ると思う」

この身体から実里が去り、本物のセレスティアが戻ってくれれば。生粋の貴族令嬢である彼女は、健康になっていたとしても外の世界では生きられまい。

すぐにアンガスタ侯爵家へ戻るはずだ。その後のことは――どうなるのか実里には計り知れないが。

「……どこにも行かないとは言ってくれないのですね。ある意味誠実で貴女らしい。でも嘘も方便。

時には上手く使った方が楽に生きられますよ。――僕のように」

「あッ……」

ドロドロに溶けた淫道に長大な質量が埋められた。

とても大きさが合わないもので、狭隘《きょうあい》な道が限界まで広げられる。痛みと苦しさに実里が歯を食いしばれば、宥めるキスが落ちてきた。

「い……っ」

苦痛に呻く実里の中へ、ユーリの肉槍が入ってくる。強張る身体をものともせず、突き進んでくる勢いは容赦がない。けれど押し当てられる唇と陰核を転がす指先は不釣り合いに優しかった。

「っく……」

「息を吐いてください、セレスティア」

彼の汗が雨のように降り注ぎ、逃がさないと言わんばかりに押さえつけてくる片手は荒々しい。対して逆側の手は実里の快楽を引き出そうとしていた。

少し前までの喜悦を呼び覚ますため、花芯を撫で労わるように愛でてくる。遠退いていた悦楽は、丁寧な愛撫《あいぶ》によって再燃した。

「……っ、ぁ」

「僕と貴女は似ている部分があるけれど、決定的に違う点が一つあります。分かりますか？」

「こんな時に、何を……っ」

緩く腰を動かされ、痛みと官能が拮抗《きっこう》する。

淫芽を丹念に扱かれると、実里の媚肉が一層濡れた。

「本当の顔を見せないところです。セレスティアは己の誇りと他者への気遣いのために、辛さや本音を隠している。でも僕はどこまでも自分の欲のためです。──貴女は気づいていたでしょう？　どれだけ仮面を被っても、セレスティアは僕の本質を見抜いていた。だからこそ僕は貴女を警戒し──惹かれもするんです」

「んぅッ」

蜜路の浅瀬を往復していたユーリの楔《くさび》が、奥へと押し込まれた。

急に腹の中を一杯にされ、息が停まる。内臓が押し上げられる圧迫感と、鈍い痛み。だがそれは、しばらく彼が動かずにいてくれたことで、段々薄らいでいった。

「僕を受け入れてくれたのは何故ですか？　同情？　それとも気まぐれ？　貴女が杜撰《ずさん》な脅迫くらいで屈してくれるとは思えない」

「……くっ、ぁ、あ……っ」

初めから実里の答えを期待していないのか、ユーリが動き始める。最初は肉筒に剛直を馴染ませるようにゆっくりと。次第に速くなる律動に、実里が口を利く余地があるはずもなかった。

「やぁっ、ぁ、あんッ」

「だけどどんな理由でもいい。今こうして貴女が僕の腕の中にいてくれるなら……逃げられるなんて

思わないでくださいね。僕は大事なものを奪われるのが一番嫌いです。それが宝物であればあるほど

――きっと取り返しがつかないくらい壊れてしまう」

「……っ⁉」

――これは俗に言うヤンデレでは……っ？

とんでもないスイッチを押した気がする。

それが具体的に何なのか実里には分からないし、今考える余裕もない。だが、敵の間合いに入ってしまったことだけはしっかり理解できた。

飛んで火にいる夏の虫。葱《ねぎ》を背負った鴨《かも》。

この場合、虫であり鴨であるのは実里自身だ。やらかしたと危機を察知した本能が叫ぶ。

警報音が脳内に響き渡り、防御態勢を整えようとしたのだが。

「……ぁ、あぁッ」

散々指と舌で解され、弱いところを探り当てられた蜜窟を固い切っ先でこそげられて、頭の中が白く弾ける。

考え事は遥か彼方に追いやられ、実里を支配するのは快楽だけになった。

「ゃ、駄目、ぁああ……ッ、ぁ、あぅッ」

突かれる度に淫らな声が漏れ出る。引き抜かれれば切なく啜《すす》り泣《な》いた。

肉を穿《うが》たれると拍手めいた音が鳴り、粘着質な水音が奏でられる。全身を揺さ振られ、視界は激し

く上下にぶれた。

体内を掻《か》き回される。濡れ襞《ひだ》を掻き毟《むし》られて、不随意に収縮する蜜壺が抉られた。

重い衝撃を何度も下腹に食らい、それが官能にすり替わる。痛苦はいつしか、淫猥な悦《よろこ》びに塗り潰された。

「ひぁ、ぁ、ああ……も、ぁああッ」

生まれて初めて知る快楽は甘美で、とても抗えない。甘く凶悪な恍惚《こうこつ》に、実里は全身を戦慄かせた。

四肢が強張る。淫らな嬌声が自分の声だとはとても信じられない。

けれど羞恥を感じる間もなく、実里の意識はそこで途切れた。

第五章　新しい目標

――目が覚めたら全部夢で、現実に戻れていたら最高だったのに。

残念ながら、実里はまだセレスティアであり、アニメの世界の住人だった。そして当然のように、隣にはユーリがいる。

午後のティータイム。

天気のいい日は庭に椅子とテーブルを用意してもらい、優雅に茶を嗜《たしな》むのが、最近の習慣だ。

今日も実里はイライザに準備してもらい花を愛《め》でていた。

当たり前のように隣に腰掛ける男の存在は、敢《あ》えて気にしないよう心掛けながら。

「セレスティア、寒くはありませんか?」

「はは……着込み過ぎて暑いくらいだわ」

彼と一線を越えてしまったあの夜以来、二人の距離は更に縮まった。もう誰がどう見ても、ただの親族だとは思わないに違いない。仲睦《むつ》まじい兄妹だって、もう少し節度を保っている。

――次期アンガスタ侯爵家後継者が、伴侶でもない女につきっきりでお世話するなんて、控えめに言ってイカレている。そもそも今の私はある程度自力で動けるし、最低限のことは一人でできる。食事がおぼつかなかったのは、随分昔のこと。もうスプーンやフォークは自分で持てるんだが？

距離感が、絶対におかしい。

食事の介助はいらないし、散歩だって自らの足で歩かなくては意味がない。隙あらば抱き上げて運ぼうとするユーリの姿勢に、実里は辟易《へきえき》していた。

――手伝うと言いながら、実際には妨害されているようにしか思えない。

つまり監視だ。四六時中彼が実里の傍を離れないせいで、色々計画が狂っていた。

「ユーリ、貴方《あなた》暇なの？　毎日私の周りをウロチョロして」

「セレスティアの雑な言葉遣い、癖になってきますね。僕に心を許してくれた証《あかし》のようです」

「……腹立つな」

もう取り繕うのも馬鹿らしくなり、慣れない喋《しゃべ》り方《かた》はかなぐり捨てた。ただし彼限定の対応だ。

実里はイライザなど他の人間に対しては、これまで通り付け焼刃の丁寧さで話している。

あくまでも、『想像するところのお嬢様』仕様だが。

「暇ではありませんよ。でも貴女《あなた》との時間を作るために、効率的に動いています。ですから仕事はこれまでと同じにしていますし、学びも欠かしていません。安心してください」

「心配しているわけじゃない」

案じているとしたら、ユーリのキャラクターが激変したことについてだ。

こんな設定だったなんて、聞いていない。実里が知る限り、彼は影があり裏と表を完璧に使い分けた冷静沈着な悪役だったはず。

しかし眼前にいる男は、セレスティアに執着する立派なヤンデレだった。

――私がちょっとでも視界から消えようものなら、目の色変えて追ってくるもんな……こんなに一人の女に夢中になるタイプじゃないはずだけど。

ユーリはアニメのヒロインに対してだって、決して心の奥まで踏み込ませなかった。仮に主人公がピンチに陥っても、我を忘れることはない。そういうところがミステリアスで人気の一因でもあったのだが。

――コレがどうしてアレになるんだ。本編開始前に決定的な何かがやっぱりあった？　でもなぁ……そこまでの影響を彼に与える人物って、今のところセレスティア本人じゃない？

良くも悪くもユーリは他人に関心がない。眼中に入っていないと言っても過言ではなかった。

誰に対しても公平であり一切態度を変えないのは、裏を返せば『特別がなく全員同列』で興味すら抱いていないのと同義だ。

そんな彼が冷静さを欠いた対応を取るのが、セレスティアのみ。

周囲の目を気にせず尽くし、己の時間と労力の全てを捧《ささ》げている。献身と言ってもいい。

家族や友人、主従関係だとしても、少々やり過ぎなのは否めなかった。

――度が過ぎている。これはもう、ヤバい域だ。

そういう人間が、アニメではまるで精神的揺らぎを見せず、冷徹で非情な悪役に徹するのがどうにも解せない。

点と点が繋《つな》がらないのだ。とても同一人物だと思えなかった。

――だとすると、もしやセレスティアを殺したこと自体が引き金になる？

殺害以前に何かあって彼は人格に多大なる影響を及ぼしたと思っていたが、そうではなく彼女を手にかけたことで、決定的な変化をもたらしたとしたら。

――えっ……まさかセレスティアが殺されるような真似《まね》をしでかしたってこと？

あり得るのは、ユーリを失望させたり裏切ったりしたなど。いくつもの可能性が実里の頭に浮かぶ。

その中で、最も可能性が高そうなのは。

――……病んだ彼から、逃げた？

ザッと血の気が引いた。

何故かとてもしっくりくる。それなら納得できると、頷《うなず》く実里がいた。

――いや、待て。それだと今まで私が生存をかけてしてきた諸々《もろもろ》は……

逆効果だったということになる。下手にユーリと親しくなろうとせず、適切な距離を取っていれば、彼がセレスティアに過剰な関心を抱くこともなかったのでは。あくまでも一線を守って、家族として。

――誰か嘘《うそ》だと言ってくれ。

弾き出した解答に眩暈《めまい》がし、実里は自らの頭を抱えた。

やっちまったと声に出さずに繰り返す。

慣れない駆け引きなど仕掛けるべきではなかった。素直にセレスティアの身体を鍛え、プランAを全うすればよかったのだ。

――自分で死亡フラグをおっ立ててどうすんだ……！

自らノリノリで死地に赴いたようなものだ。まんまと敵の策に嵌《はま》ってしまった。ある意味ラスボスを作り上げたのは己自身とも言える。

大馬鹿者めと自らを罵り、実里はギリギリと歯軋《はぎし》りするのを我慢できなかった。

「セレスティア、いきなりテーブルに突っ伏して、どうしましたか」

「自己嫌悪の海に沈んでいる。放っておいてくれ」

「何を言っているのか分かりませんが、苦悩する貴女も可愛《かわい》いですね」

「ユーリの目は節穴か、さもなければフィルターが壊れているんじゃない？」

細心の注意を払って会話をしなくなった分、ポンポンと言葉が出てくる。大半は、とてもお嬢様が口にする種類ではない。

イライザが聞けば、『セレスティア様が乱心した』と焦りかねないのでは。

――ユーリは面白がっているけど。ああ、これが噂《うわさ》に聞く『面白ぇ女枠』か……そんな称号求めてない。

腹立たしいことこの上ないが、この先計画変更を早急にしなくてはならなかった。

――プランCを考えないと。逃亡を彼に気取られず、穏便にこの世界から離脱するために。

プランAも勿論《もちろん》継続だ。問題はプランB。一度踏み外した関係を正常に戻す術はないか実里は痛む頭を働かせた。だが。

「……っ」

実里の手にユーリの手が重ねられる。

少し離れて後方に控えるイライザは気づいていない。丁度死角になっているためだろう。

驚いた実里が振り払おうとしても、その前に指を搦《から》めた繋ぎ方に変えられた。

「――ちょっと……」

「――静かに。イライザに見られてしまいますよ？」

小声で文句を言おうとしたら、寸前で制された。彼が唇の前で人差し指を立てる。気取った仕草がいやに様になり、苛立《いらだ》ちと胸の高鳴りが同時に引き起こされた。悔しいが、絵になる。

火照る実里の頬《ほお》を、柔らかい風が撫《な》でていった。

――変に熱いのは、風が冷たいからってあれこれ着込まされたせいだ。他に理由があって堪《たま》るか。

負け惜しみの悪態をついて、意地でも自分からは視線を逸《そ》らしてやらない。

腕力では敵《かな》わなくても、目力で勝負するつもりで眼差《まなざ》しに力を込めた。

「セレスティア、逆効果ですよ」

さも楽しげに微笑《ほほえ》んだユーリが顔を寄せてくる。まるで口づけするように。

こんな屋外で、しかもすぐそこにイライザがいるのだから、ふしだらな真似はされないと油断していた。

しかし流石《さすが》は悪役（予定）。その程度は抑止力にはならないらしい。

――調子に乗るなよ？

けれどこっちだっていつまでも無力で非力な令嬢ではないのだ。無害を装う必要もない。

そっちがその気ならと、実里は素早く片手で彼の顔を阻んだ。

正面から鷲掴《わしづか》みにしたのである。世紀のイケメンの顔面を。

「……初めての経験に、驚きを禁じ得ません。顔を掴《つか》まれたのは、生まれて初めてです」

「奇遇だな。私もだ」

この世の中、プロレスラーでもない限りアイアン・クローを繰り出す女はあまりいまい。技を喰《く》らう者も非常に珍しいに決まっていた。

が、それでもさほど動じていないユーリは見上げたものである。

彼は赤い舌をひらめかせ、この状態から実里の掌《てのひら》を舐《な》めてきた。

「この……っ」

「お、お嬢様？　いったい何をされていらっしゃるのですか？」

二人のやり取りに気づいたのか、イライザが唖然《あぜん》としてこちらを見ていた。

それはそうだろう。

何故か突然、主が男性の顔面をホールドしていたのだ。前後の経緯が見えず、理解が追い付かないに決まっていた。

「虫よ、イライザ。それはもう大きな虫がユーリの鼻に止まっていたの」

「ま、まぁ、そうだったのですね。でしたら私におっしゃってくだされればいいのに。お嬢様自ら手を下さずとも」

「毒虫だったのよ。貴女が刺されたら大変」

「お嬢様が刺される方が一大事です！　でも、お優しい気遣い、ありがとうございます」

すっかり実里の言葉を信じた彼女は瞳を潤ませている。それに笑顔で応えつつ、実里はユーリの顔から手を離した。

「全くもって、危ない毒虫だったわ」

「ユーリ様は刺されませんでしたか？」

「大丈夫だ。セレスティアが助けてくれたからね」

実里にとって危険な毒虫は、言わずもがな彼自身である。本当に油断も隙もない。

舐められた手をイライザからは見えない位置で拭い、実里は舌打ちしたいのを必死に堪えた。

——人目さえなければ、ただではおかないものを。——いや、フィジカルであの男には勝てない。

屈辱感で昇天しそうだ……

きっと今自分のこめかみには青筋が浮いている。いったいどうしてくれよう。

——だけどこうして頻繁に外でお茶ができるようになったのは、かなりの進歩。悔しくて内臓が捩《ね》じ切《き》れそうだとしても、夜のアレコレがいい運動になっているのは否定できない。

セックスは疲れる。ゆっくりとしたジョギングと同じくらいの運動量になるのではないか。

それが今の実里の身体には丁度いいのだ。

足が縺《もつ》れて転ぶ心配はないし、場所がベッドの上なのでそのまま寝落ちできる。誰かに目撃されることもなく、何か体調に異変があればユーリが即座に対応するはず。彼は決して過剰な負担を強いてこなかった。

つまりメリットは大きい。有り余るデメリットがあるのも事実だが。そして何よりも——

——気持ちがいい。

身体の相性云々《うんぬん》なんて、都市伝説だと馬鹿にしていた。けれど、本当にあるのかもしれない。

もっとも実里は他の誰かと性交渉した経験はないので、比較対象は想像の産物なのだが。

——だけどそれよりも心地いいのが、誰かに包まれて眠ることだ。

素肌のままくっついて、疲労感と充足感を味わいながら微睡《まどろ》む。

その時間が実里は嫌いではなかった。むしろとても好きだ。ひどく安心する。他者の温《ぬく》もりに癒《いや》されるなんて、この歳《とし》まで考えたこともなかった。

実里が朝目覚める頃ユーリはもう寝室にいないので、夜明け前に自室へ戻っているのだろう。

毎度見事に痕跡を消していくため、イライザに気づかれていない。

残り香と体温が消え去ったベッドの中、夢から覚めた実里はいつも無意識に手でシーツを探ってしまう。

まるでそこにあったはずの何かを求めるように。

——今夜こそ、拒む。でなきゃ泥沼。プランBは凍結するべきだ。セレスティアに合ったいい運動は他にもある。

恒例になりつつある決意を固め、実里は冷めた茶を一気に飲み干した。

そして満を持して、夜更け。

決意虚《むな》しく、セレスティアの寝室にユーリが訪ねてきた。

「——昼間、毒虫に味見された掌は大丈夫ですか？」

「……いけしゃあしゃあと……貴方、面の皮が厚いって言われない？」

「容姿を褒められることはよくありますが、皮について言及されたことはありません。セレスティアが確かめてください」

棘《とげ》だらけの皮肉をものともせず、彼は実里に接近してきた。

絶対にベッドへは縺《もつ》れ込《こ》まんぞと気合を入れた実里は、ソファーに座っている。その隣へ腰掛けられ、『一人用の椅子に座っていればよかった』と後悔したが後の祭り。

素早く腰に腕を回され、立ち上がるタイミングを逸した。

「見て、触れて、思う存分確認してください」

——この男、自分の顔が武器になると分かっているな。いっそ引《ひ》っ掻《か》いてやりたいのに、傷をつけたら勿体《もったい》ないと思ってしまう自分が嫌だ。

全く腹立たしい。イライザがいないのをいいことに、実里は盛大に舌打ちした。

「今夜は一際《ひときわ》ご機嫌斜めですね」

「誰のせいだと思ってんの」

「僕だとしたら嬉《うれ》しいな。セレスティアに影響を及ぼせたということでしょう？　無関心でいられるよりも、ずっといい。もっと僕のせいで心を乱してください」

「ああ言えばこう言う……」

口でユーリに勝てる気がせず、苛立ちはうなぎ登りに上昇する。

強《したた》かな男は実里が深く溜《た》め息《いき》を吐くと、おもむろに酒瓶を取り出した。

「今日は東方の酒を持ってきました。野菜から作られたかなり珍しいものだそうです。商人によると香りが甘くやや癖があるのだとか。きっとセレスティアの好みだと思います」

「……野菜」

「何でも、この国にはない種類の芋だとか」

「えっ」

無視するつもりだったのに、つい興味を引かれた。

それはつまり、完全に同じものではないとしても、元の世界の芋焼酎に近い酒ではないのか。

――このアニメの世界観どうなっているんだ。でも、是非飲みたい。

現実に戻れるまでは、飲めないものと諦めていた。下手をしたら年単位を覚悟しており、かなりのストレスだったのだ。

この世界の酒も悪くはないし、実里の口に合うものもある。だがしかし、『ない』と言われれば余計に恋しくなるのが人の常。想像しただけで実里の口内に唾液が溢《あふ》れた。

──夢にまで見た芋焼酎……

「何度か一緒に飲んで、貴女の好みはだいたい把握しました。これはたぶん、セレスティアが好きな味です。──一本丸ごと差し上げましょうか」

「えっ？」

「お気に召せば、また商人に掛け合って入手しますよ。……勿論、タダではありませんが」

明らかに実里が不利になる取引を持ち掛けられている。

それが分かっても、『だったらいらない』と即座には言えず、実里は酒瓶と彼の間で視線を往復させた。

──ここで頷いては駄目だ。この男の言いなりになって堪るか。……だけど断ったら二度と芋焼酎を飲めるチャンスはやってこないかもしれない。

実里自らこの酒を入手するのは、おそらく不可能。自由な外出はままならず、イライザに頼めば流石に不審がられるのが必至だ。酒を扱う商人と接触することすら難しいに決まっていた。

「……私に何を要求するつもり」

「僕が欲しいのは、セレスティアだけです。貴女自身をくださるなら、どんなものでもあらゆる手段で手に入れてきますよ」

優しい圧力だ。魅惑の取引材料をチラつかせながら、悪辣な男が微笑む。これが悪役の片鱗《へんりん》かと歯《は》噛《が》みせずにはいられなかった。

「――質が悪い」

「重々承知です。悪い男になってセレスティアがこの手に堕《お》ちるなら、喜んで汚れます」

「んんッ」

突然性癖を刺激しないでほしい。不本意ながらときめいた。

実里は朱に染まりそうな頬を背け、渾身《こんしん》の理性で平静を保った。

「分かった。今夜は貴方の甘言《かんげん》に乗ってあげる」

「ありがとうございます」

取引は成立した。ムードもへったくれもないが、こっ恥ずかしい台詞《せりふ》を囁《ささや》かれるよりはマシである。

しかし酒瓶をテーブルに置いたユーリが覆《おお》い被《かぶ》さってきて、実里は狼狽《ろうばい》した。

「ちょ、ベッドへ行くんじゃないの？」

「たまには場所を変えるのも楽しいですよ。――ああ、もしやセレスティアは、情交は閨《ねや》でだけするものだと思っていますか？　可愛いですね」

「……！」

ほんのり馬鹿にされた。経験と知識不足は、とっくに見破られている。そもそも未婚の令嬢が手練手管に長《た》け男慣れしているわけがないのだが、実里は過去の自分をも嘲られた錯覚に陥ったのだ。

――は？　売られた喧嘩《けんか》は絶対に買うけど？

「……面白い。だったら楽しいって是非思わせてよ」

内心の動揺を押し隠し、挑発的に口角を上げた。こうなったら女は度胸。幸いそれはセレスティアになっても失っていない。挑むつもりで彼の背中に手を這《は》わせた。

「ええ。極上の時間にしてみせます」

真下から見上げるユーリの妖艶さは、犯罪級だ。

一瞬でも気が緩めば、まず目をやられそうになる。そこから理性が溶かされて、心を侵食されかねない。

流石は数多《あまた》の女子を虜《とりこ》にした面相。

ここが踏ん張りどころだと、実里は自らを鼓舞した。

――これは正当な取引。ヤンデレを発動させず名案が浮かぶまでの時間稼ぎ。私は負けない。

ふわりと爽やかな香りが実里の鼻腔《びこう》を擽《くすぐ》った。

最近覚えてしまったこの匂いは、彼のものだ。アニメでは決して描かれないものに触れるのは、不思議でならなかった。リアルとの境目が曖昧になる。

――でもこの匂いは案外好きだ。

無意識に深く息を吸い込み、香《かぐわ》しい匂いにささくれ立っていた心が慰撫《いぶ》される。それをユーリに悟られたくなくて、あくまでもコッソリと。呼吸するのに合わせ、不思議と癒された。

「セレスティア、僅かでも身体が辛くなったら、必ず言ってくださいね」

——こういうところが狡《ずる》いんだな。

強引でありながら、それ以上にこちらを気遣ってくる。

無理やり力で屈服させようとはせず、言葉で縛る。雁字搦《がんじがら》めにしてくるように見せかけて、常に逃げ道は残されていた。

——だから、何が何でも逆らう気が削《そ》がれてしまう。

暴力で強制されれば、実里は死に物狂いで抵抗した。それこそ命懸けで反撃したはずだ。

けれど狭められていても選択肢がある限り、選んだのは自分自身。

その責任を彼に丸投げする気はさらさらなかった。

「貴女は何も悪くない。僕を卑怯者《ひきょうもの》だと恨んでくれて構いませんよ」

「自分の行動のツケは自分で支払う。誰かに責任転嫁するつもりはない」

どこか自虐的なことを口にするユーリが、実里には不可解だった。それは仄《ほの》かな違和感。

こんな関係になっても、彼が求めてくるのは実里が離れていかないことだけ。その先にはまるで触れない。

これからどうしたいのか、どうなりたいのか。実里に『傍にいる』行為以外何を望んでいるのか。

未来は。展望は。

そういったものが何も見えないのだ。

しばし考え、ようやく実里に察するものがあった。

――もしかしてこの人……自分が愛されるなんて想像もしていない？

こちらから愛情を返されるとは考えないから、ひたすらに『傍にいてくれ』と懇願してくるだけなのでは。

――いや、そりゃ私はユーリを愛しているわけじゃないけど……普通は身体を重ねたらもっと建設的な関係を望むんじゃないの？

恋人になるなり、夫婦になるなり。まして現代よりも結婚が大きな意味を持ち、貞操観念が強い世界だ。

婚前交渉には、それなりの覚悟が求められるのではないか。何なら関係を持ったことをネタにして、脅されても不思議はないのでは。

――でもユーリはそうしない。脅迫しているようでいて、私の意思に任せている。

実里自身が己の意思で彼の隣に留《とど》まるように。愛してくれとは言わず。

――ああ、腑《ふ》に落ちた。この人は愛されようとしていない。愛されるとも思っていない。

とても歪《いびつ》だ。果てしなく歪《ゆが》んでいる。

ユーリ程の容姿と能力、これから手に入るであろう地位と名誉があれば、いくらでも強気になれるだろうに。心を傾けられることに慣れていないのか。それとも自分にその資格がないと感じているのか。

——私と、似ている。

形のない心を信じきれず、目に見える保証が欲しくなる。

他者の胸先三寸で決まることより、自力で勝ち取ったものの方が信用できる。

そういう頑なさと弱さを、実里は初めて自分以外の人間の中に見つけた。

——見捨てられないじゃないか。

抑え込む振りをしてしがみ付いてくる手を振り払えない。情とも呼べない憐《あわ》れみであり共感。

同類への複雑な気持ちが、実里に彼の頭を撫でさせた。

「……昔から貴女は身体が弱くても自力で立とうとしている。その上不意に優しくしてくださるから、僕は虜《とりこ》になるのです」

「優しくないよ」

「優しいですよ。僕がどれだけ救われていると思いますか？　もし貴女に打算があったとしても、関係ない。結果を見れば、同じことです。僕は何度も救われた」

不慣れな賛辞が擽ったくて、どんな顔をすればいいのか分からず、実里は仏頂面になる。すると軽やかに笑ったユーリが、額同士を合わせてきた。

「僕が差し上げられるものは、何でも捧げたい。だから少しだけセレスティアの中に居場所をください」

「……重いな。言っておくけど、私別に貴方のことは嫌っていない。少なくとも以前よりは仲間意識みたいなものがあると思う」

不誠実になりきれない実里には、これが精一杯返せる言葉だった。

果たせない約束はしたくない。本音で語る相手に、偽りを返すのは本意に反する。

彼を怒らせて殺害される危険を高める気はなくても、その場限りの嘘を駆使したくもなかった。

「本当に、セレスティアのそういうところが愛《いと》しくて憎くて堪らない。……でも、見え見えのご機嫌取りをされるより、ずっといい。そんな貴女だから、一層愛しいんです」

正確にこちらの意図を読み取ったユーリが、苦笑を浮かべる。

口づけを交わし、余計な言葉はもう不要だった。

縺《もつ》れ合い、キスの合間に服を脱がせ合って、たちまち生まれたままの姿になる。

ベッドより狭いソファーの座面では、密着していないと転がり落ちてしまいそう。その危うさを理由に、極力互いの間に隙間を作らなかった。

手も脚も、常に絡まりあっている。触れる面積を増やし、体温を分かち合う。

肌がしっとりと汗ばむまでに、さほど時間はかからなかった。

「ん……っ」

身体をひっくり返され、うつぶせの状態になった実里の背中に彼が折り重なる。心音が伝わってきて、包み込まれる感覚が心地いい。

戯れのように肩から腕、脇腹から腰の線をなぞられると、敏感な場所でもないのに愉悦が溜《た》まった。

「……僅かですが、肉付きがよくなりましたね。まだ健康体と言うには痩せ過ぎですが、とても綺麗《きれい》です」

肉の乏しいセレスティアの肢体は華奢《きゃしゃ》で、逞《たくま》しく鍛えられた肉体を理想とする実里から見たら、およそ満足のいくものではない。

それでもユーリに褒められると途端に愛着感が生まれた。

——世の中には色々な価値観がある。儚《はかな》く繊細な良さもあるのかもしれない。

「ぁ……ん」

うなじを啄《ついば》まれ、背骨に沿って唇を押し付けられると、体内に悦楽の種が植えつけられる。

身を捩《よじ》った瞬間にシーツと実里の身体との間に彼の手が滑り込んできて、乳房を掴まれた。

伏せていたせいで釣鐘状になった胸は、仰向《あおむ》けの時よりも存在感がある。

ささやかながら肉の質量が感じられるのか、ユーリがゆったりと揉《も》んできて、たちまち頂が硬く尖《とが》った。

「……っく」

「外に声は漏れないから、気にしなくていいと何度も言っているのに」

「ふぅ……ッ」

耳朶《じだ》を舐められ、乳頭を扱《しご》かれた。

どちらも実里が弱い場所。着実に体内で官能の焔《ほのお》が燃え上がる。

けれど肝心な場所は一度も触れられることなく、未《いま》だ放置されたまま。切ないもどかしさを覚え、ついもぞもぞと動いてしまう。

実里のそんな様子に彼が気づかないはずはないのに、執拗《しつよう》に胸だけを攻められ続けた。

「あ……っ、そこ、ばっかり……ん、ぅ」

「セレスティアの反応が可愛すぎて、つい。我慢しようとして堪えている声も姿も、ずっと見ていたくなります」

「やぁ……っ」

疼《うず》く足の付け根が濡《ぬ》れているのが分かる。

知ってしまった快楽は凶悪で、味わったが最後忘れられない味になった。しかも肌を重ねる毎に深まってゆく。

無意識に実里は、淫らにも自らの尻をユーリの身体に擦りつけた。

「いやらしくて、最高の眺めです。もっと僕を欲してくれたらいいのに」

「あぁっ」

蜜口に彼の指が入ってくる。初めから二本。潤んだ蜜襞は大喜びでそれを歓迎した。

「ひ、ぁ」

「いつからこんなに煽情《せんじょう》的になったのですか？　つい最近まで、穢《けが》れを知らない聖女のようだったのに」

「だ、誰のせいだと……っ」

「僕ですね。貴女が覚えたふしだらな悦《よろこ》びは、全て僕が教えたことです。これから先も他の誰にも与えられては駄目ですよ。——相手の男を死に追いやりたくないなら」

恐ろしい台詞を吐きながら、ユーリの手つきは際限なく優しい。

丁寧にこちらの快楽を掘り起こしてくる。もうこの身体は実里よりも知り尽くされていた。

「あ……っ」

肉芽を転がされながら淫路を弄《いじ》られ、背中に口づけを落とされる。

掻《か》き出された淫液は、白い太腿《ふともも》を伝い落ちていった。

淫猥《いんわい》な行為に酔いしれて、実里は全身をヒクつかせる。そんな小さな刺激も体内に響き、法悦にうち震えた。

「一晩中どころか、永遠にこうして戯れられたらいいのに」

「じょ、冗談……っ」

「ええ、セレスティアの体力が持ちませんね。でもこの先貴女が更に健康な身体を手に入れたら、二人きり何日でも部屋に閉じ籠ってみましょうか」

悩むまでもなく、お断りである。そんな爛《ただ》れた真似はご免だ。誰に何を言われるやら。

ただ、実里の理性が『馬鹿らしい』と断じるのとは裏腹に、説明できない愉悦が燻《くすぶ》ったのは事実だった。

「……想像してくれました？」

「す、するわけない」

実際、思い描いてはいなかった。けれど全く欠片《かけら》も何一つ過るものがなかったかと問われれば、答えは否だ。実里の脳裏には勝手に何かが浮かびかけ、全身全霊でそれを叩《たた》き潰《つぶ》しただけで。

「それは残念。では、セレスティアが想像しやすくなるように、僕が努力します」

「あ……ああッ」

硬く大きなもので隘路《あいろ》を押し広げられ、内側から喰らわれる。咀嚼音《そしゃくおん》を奏でながら、実里の内側はユーリの屹立《きつりつ》を頬張《ほおば》った。

「い、いきなり」

「苦しくはないでしょう? こんなにトロトロになって、しゃぶっている」

「んッ」

健気《けなげ》に彼の肉槍を呑み込んだ陰唇をなぞられ、溢れた蜜液を花芽に塗りたくられた。たっぷりとした潤みのせいで、膨らんだ蕾《つぼみ》がヌルヌルと逃げる。ユーリに強めの力で摘まれると、もう声を堪えるのは無理だった。

「ああッ」

光が爆《は》ぜる。見開いた視界に閃光《せんこう》が弾け、実里の腰が勝手に蠢《うごめ》いた。

「セレスティアは愛らしい肉粒を弄られるのが好きですね。でもこちらも好きになってほしいです。ほら、僕の形を覚えてください」

「……ァ、あ、や……今、待って……！」

うつ伏せの体勢から四つん這《ば》いに変えられ、後ろから小突かれて、絶妙な位置に剛直の先端が当たった。ほんの少し擦られただけでも絶大な快楽を生む場所を、グリグリと捏《こ》ねられる。それに止まらず、深く浅く穿《うが》たれた。

「駄目、イッちゃ……」

「いいですよ。だけど僕にも付き合ってください。まだ飢えが治まりません」

大きな悦楽がせり上がってくる。逃れようとしてもがけば、あっさり身体を引き戻された。

それどころか、より上から押さえ込まれて、焦燥を逃せなくなる。密着度と圧迫感が増し、実里は男の身体に半ば押し潰されながら、打擲《ちょうちゃく》を受け入れざるを得なくなった。

「お、あ……っ、ァっ、あ、あんッ」

ソファーが軋《きし》み、目の前のクッションにしがみついても、逼迫感《ひっぱくかん》は増してゆく。

乳首が座面に擦れて、敏感になり赤く色づいた。持ち上げられた実里の尻と、ユーリの腰がぶち当たる。掻《か》き回され攪拌《かくはん》された愛蜜が白く濁り、女の腿《もも》を幾筋も汚して垂れた。

絶頂へ一直線に駆け上がる。

溢れる汗を飛び散らせ、実里は淫蕩《いんとう》に全身を痙攣《けいれん》させた。

「ぁ……あぁあああッ」

収縮する淫窟が彼の昂《たか》ぶりを引き絞る。生々しく肉棒の形が伝わってきて、それが質量を増したのが嫌でも分かった。

「……っつ」

だが、注がれると思っていた熱液の感触は一向に訪れない。

辛うじて身体を支えていた実里の肘が完全に崩れると、背後から深々と串刺しにされた。

「ひぅッ」

「よかった。まだ平気そうですね。もう少しお付き合いください」

「え、もう終わったんじゃ……」

「たった一度で意識を飛ばしていた頃から比べると、随分体力が付きましたね。流石に夜通しは無理でしょうが、試してみましょうか?」

殺す気か。

刺殺以外も警戒しなくてはならないのかと、実里は頬を引き攣《つ》らせた。同時に、未だ彼が居座る肉壺が甘く疼くのを感じる。

首だけ振り返れば、ユーリがぎらつく視線をこちらに注ぎ、滾《たぎ》った息を吐いていた。その様があまりにもいやらしく、かつ蠱惑《こわく》的に実里を釘付《くぎづ》けにする。

「……っ、ぅ」

「は……急に締め付けないでください。もっとセレスティアと繋がっていたいのに、危うく僕がイかされてしまうところでした。意地悪ですね」

「どっちが……!　ぅあッ、ァ、んんッ」

言いがかりに対する反論は、楔《くさび》を突き入れられたまま腰を回され艶声に変わった。

クッションにしがみつき、顔を押し付ける。そうでもしないと、だらしなく大声で喘《あえ》いでしまいそうだった。

「この体位も貴女の痴態を見られて最高ですが、そろそろその愛らしい顔も見せてください」

「や……ッ」

突然抱き起されて、実里は思わず握っていたクッションを離してしまった。その上再び身体を反転させられる。今度は向かい合い、座った状態に。

体内には彼の肉槍が突き刺さったまま。顔を隠せるものがなくなったことで、真正面から見つめ合うことになった。

「！」

達したばかりで火照った肌や、蕩《とろ》け切った表情、汗まみれで乱れた髪。それら全てを具《つぶさ》に見られている。

恥辱に見舞われ、実里の視線が泳ぐ。だが顔を背ける間もなく、噛《か》みつくようなキスをされた。

「は……んぅッ」

反動で重心がやや後ろに下がり、体内の擦れる箇所が変化する。張り詰めた剛直に爛れた蜜襞を摩擦され、実里の嬌声《きょうせい》はユーリの口内に吐き出された。

ビクビクと引き攣る身体は強く抱きしめられる。逃がさないと言葉より雄弁に告げられ、一層実里の内部が敏感になった。

意思とは無関係に蠢き、彼の肉杭をしゃぶっている。欠けていたピースが嵌るかの如く、過不足なく体内を埋められた。動かなくても極上に気持ちがいいのに、ねっとりと揺らされればその比ではない。

全身が敏感になり、吐息すら愛撫《あいぶ》同然に感じる。

実里はユーリの足の上で抱えられたまま、下から突き上げられた。時に前後にも動きが変えられ、花芯が擦れる。

ささやかな乳房は彼の硬い胸板に圧し潰され、頂が転がされた。何もかもが気持ちいい。

耳に届く息遣いも、湿った呼気も、鋭い眼差しも。

こちらの肢体を強めに掴んでくる手の力にも喜悦を覚え、実里はいつしか自分からも動いていた。

感じる場所へユーリの切っ先が当たるよう、身をくねらせる。彼の律動に合わせ身体を上下に弾ませた。

じゅぶじゅぶと淫音を掻《か》き鳴《な》らし、欲望の赴くまま口づけを求める。すぐさま返してくれたユーリと舌を搦め、夢中で腰を振った。

「あ……っ、ぁ、ああッ、ァ……んぁあッ」

「セレスティア……っ」

切羽詰まった声で名を呼ばれ、少しだけ寂しい。本当の名前なんて告げられるはずもないのに、彼の声で『実里』と呼んでもらえたら、どんな気持ちになるだろう。

永遠に分からない疑問は、考えるだけ無駄だ。

実里は敢えて思考を放棄して、束の間《つかま》の快楽に身を任せた。


非現実世界でも夢を見るなんて、何だか不思議だ。

実里は、ぼんやりと眼前の木を地上から見上げた。

セレスティアの部屋にあるバルコニー前に植えられた見事な大木。ただしそれは数年後の話。今はまだ、そこまで大きく成長しておらず、バルコニーから見下ろせる程度の高さだ。枝ぶりも、実里が知るものより控えめだった。

――だとしたら、これは過去？　私がセレスティアの身体で目覚めるよりもっと以前の――

勿論、自分にはこんな場面を見た記憶がない。そもそもアニメ化なんてされていないシーンだろう。モブでしかないセレスティアの子ども時代なんて、映像化する価値もない。設定だっておざなりに決まっていた。

――だけど不思議。私はこれが彼女の幼少期だと確信している。でも幼いセレスティアは今よりもっと病弱だったから、一人で庭園を出歩いたことなんてないと思うけど……

ならばやはり実里の勘違いなのか。

伸ばした手が木の幹に触れることはなかった。感触もなく、するりと突き抜ける。

驚いた実里が他のものへ手を伸ばせば、草や屋敷の壁にも触れられない。よくよく考えれば、立っている地面の感覚も曖昧だった。

――夢だから？　それとも、ついに死んだ？

考えたくもないが、寝ている間にブスッとやられた可能性は否定しきれない。実里は慌てて自らの身体を見下ろした。

すると随分小柄な少女のものであるのが分かる。視界の隅には淡い金の髪が映った。

――やっぱり、これはセレスティアが幼い頃の記憶か夢なんだ。

ふわりと身体が軽い。呼吸は苦しくなく、走ることすらできそうな気がした。

改めてじっくり観察してみれば、指先や足元が透けている。そのことに気づき、実里は驚きはしたものの、すぐに納得していた。

――夢だもんな。

全く知らないセレスティアの過去を、何故自分が追体験しているのかは謎だ。だがそれを言い出したら、実里がアニメの世界に取り込まれたこと自体が奇妙奇天烈《きてれつ》。常識なんて今更通じない。わけの分からない現象を考察するのは馬鹿らしくなり、実里は『そんなものか』と強引に己を頷かせた。

――どうせ理由を考えたって解決しない。それより、もしかしたらこの夢の中に元の世界へ帰るヒントがあるんじゃ？

実里がセレスティアになって以来、夢を見たことは一度もなかった。

ある意味これは大きな変化だ。何らかの意味があると期待しても仕方ない。もう藁《わら》にも縋《すが》りたい心地で、実里は人の声がする方向へ歩き出した。

――身体が半透明ってことは、人の目に映らないのかな？　ま、それも夢だしな。

足取りは軽い。飛ぶこともできそうだ。

やがてとある部屋の窓の下までやってきて、実里は耳を澄ませた。

「――いずれこの子を養子にする。セレスティアは長く生きられまい」

「でしたら、あの子が生きているうちに婚姻させ、婿に迎えればよろしいではありませんか。そうすれば面倒な親類に口出しされることもありませんよ」

「愚かな。すぐに死ぬ娘と縁づかせては、再婚の際に足元を見られる。ユーリにはいずれ、アンガスタ侯爵家のために最高の条件の花嫁を迎えてもらわねばならん」

会話する二人の顔は見えない。けれど実里にはセレスティアの両親だと分かった。

実の娘を案じるでもなく、セレスティアの死後について平然と語る様子に嫌悪が募る。たとえ遠からず我が子を喪《うしな》う覚悟しているのだとしても、他にもっとやるべきことはあるのではないか。

――悲しくないのか。……私の親と同じ。

邪魔だから、いらない。興味も関心もない。我が子と言うよりも、使えない道具程度の認識。

おそらくそこに、罪悪感は皆無だった。

「後でセレスティアと顔合わせの場を設ける。ユーリ、お前はしばらく外に出ていなさい。私は妻と話し合うことがある」

「……分かりました」

少年の声音が返事をした。今よりも随分高く、それでいて落ち着いているが、ユーリの声に間違いない。

——セレスティアの両親は娘に冷淡だと思っていたけど……これほどまでとは。本当に彼女のこともユーリのことも家を継ぐ道具としか見做《みな》していないんだ。

我がことでないが、胸が痛い。

不快感でいっぱいになった実里は、ふわふわとその場を離れる。これ以上聞き耳を立てていても、余計に腹立たしさが増すだけだと思った。

しかし。

「……そこに誰かいるのか？」

まさか声をかけられるとは夢にも思っていなかったので、かなり驚き振り返る。

背後に立っていたのは、十五歳前後のユーリだった。

——え、私の姿が見える感じ？　半透明でこっちからものに触れることもできないのに？

狼狽《うろた》えた実里は彼の出方を窺《うかが》った。ここは普通に挨拶でもするべきか。それとも逃げ出した方がいいのか。

迷っている間に、ユーリが瞳を眇《すが》め、首を傾《かし》げた。

「……気のせいか……人の気配がしたと思ったのに」

不思議な現象はまだ続く。

まっすぐこちらへ歩いてきた彼は、実里の身体を通過して、何事もなかったように前へ進んだ。少年とは思えない翳《かげ》る眼差しのまま。人を寄せ付けない硬質な空気は、この当時から健在だった。

とくに行く当てがない実里は、ユーリを追いかける。足音はしない。

石や草を踏みしめる感覚もないから、まさに『漂っている』気もした。

彼もこれといって目的はなかったようで、何を見るでもなく庭園内を移動してゆく。時間を潰すためだけに歩き回っているようだ。

やがて何の因果か、ユーリが辿《たど》り着《つ》いたのはセレスティアの部屋の下だった。

今日もバルコニーに人影はない。

陰鬱に静まり返っている一角は淀《よど》んだ空気が停滞して感じられた。

「……本来なら、あそこにいる彼女が受け継ぐものを、僕が奪ってしまう。きっと心底恨んでいるだろう。憎まれて、当然だ」

——え……

彼の声は苦渋に塗れていた。転がり込んだ幸運に浮かれている様子はない。

アンガスタ侯爵家の跡取りになれば、将来は安泰。大変な責務は負うとしても、有り余る恩恵も受けられるはず。少なくとも、食べるものにも困る生活からは抜け出せる。

プラスかマイナスかで考えれば、確実に利益の方が多いに決まっていた。

だがユーリの様子からは『喜び』が感じられない。むしろ苦悩を滲《にじ》ませ、セレスティアの眠っているであろう部屋へじっと視線を注いでいた。

さながら、許しを請うように。

「……申し訳ない。でもようやく手に入れた好機を手放すわけにはいかない。家族のためにも……僕は貴女にとって最悪の盗人《ぬすびと》になります」

──そんな風に思っていたのか。

少なからず意外だ。別に彼自身が望んで選んだ道ではない。アンガスタ侯爵に打診され、引き受けただけだ。それなのに、セレスティアの両親よりよほど彼女の心情を慮《おもんぱか》ってくれていた。

──本当にユーリがこの先セレスティアを殺《あや》めるんだろうか。

到底そうは思えない。どこかの時点で、よほどのことが起こらない限り、あんな結末に至るなんて絶対におかしい。

──ヤンデレスイッチが押されるとしても、本物のセレスティアが身一つで逃亡を図ったと考えるのは現実的じゃない。順調にトレーニングを積んでいる私でさえ、健康体になれたとは言い難《にく》いのに。

何らかの見落としがあるのか。

未だパズルの一部が欠けたまま。全体像が見えないせいで、実里には判断しきれなかった。

――あのアニメには、まだ私が知らない設定やエピソードがある？

その時、背後で足音がした。

「――お？　もしやお前が兄貴の連れてきたガキか？　既に我が物顔で敷地内を出歩いているのか。まったく、野良犬臭くてかなわんな」

棘のある言葉に実里とユーリが同時に振り返った。

そこには三十代半ばの男が陰険な眼差しで立っている。早くも薄くなり始めた頭髪が、小者感を滲ませていた。大方、下の者に対してだけ威張り散らすタイプだろう。

虚勢を張っているのが丸分かりな態度に、実里は顔を顰《しか》めた。

――初対面から感じの悪い男だな。言い返したら、アッサリ尻尾巻いて逃げそう。

こういう輩《やから》は、反撃されないと何故か信じ込んでいる。だからこそ張りぼての強気でしかないのだ。

「初めてお目にかかります、ダリウス様。ユーリ・リズベルトと申します」

「リズベルト……ふん。末端の傍系だな。とっくに消えた家門だと思っていた。しぶとく生き残っていたのか」

――ダリウスって誰だ？　この会話の流れからすると、セレスティアの父親の弟？　つまり彼女の叔父か。

だとしたら本来セレスティアの死後、一番血筋が近い成人男性としてアンガスタ侯爵家の跡取りになる可能性が高かったのかもしれない。

――ははぁ、自分のものになるとほくそ笑んでいた地位が掻っ攫《さら》われそうで、いちゃもんをつけにきたのか。器、ちっちゃいな。

どう贔屓目《ひいきめ》に見ても、ユーリと比べて格が落ちる。

容姿は勿論、醸し出す聡明《そうめい》さや気品も。彼と並び立つと、ダリウスに同情してしまいかねなかった。

まだ若輩者のユーリの方が、格段に貴族らしく大人びているのだ。

「兄貴も何だってこんな得体のしれないガキを……くそっ、面白くない。俺の方がよほど相応《ふさわ》しいじゃないか」

悪態をついて、ペッと唾を吐く辺り、繁華街でたむろしているただのチンピラにしか見えない。実里は残念な気持ちで、ダリウスを眺めた。

――勝負にもならない。だけどこういう輩って、大抵自己評価が激高で相手との力量差が見極められないんだよな。

格闘技の世界でもそうだ。なまじ齧《かじ》っただけの方が質が悪い。

さてどうしたものか思案していると。

「僕のせいで不快な思いをさせてしまい、申し訳ありません。ですが僕はアンガスタ侯爵様の決定に従うのみです」

深く頭を下げたユーリは完璧に紳士だった。

対して、年長者であり成人のダリウスは、苛立ちが表情からも駄々《だだ》洩れである。

「あ？　本当は財産が転がり込んできて、いい気になっているんだろう！　平民よりも貧しい暮らしをしていたくせに、勘違いしやがって。お前なんかたまたま運に恵まれただけなんだよ」

「おっしゃる通りです。今後精進し、アンガスタ侯爵家に相応しくなれるよう心血を注ぎます」

運がよかっただけと言うなら、それはダリウスにこそ当て嵌《は》まる台詞だ。

偶然裕福な貴族の家に生まれただけ。自らの能力や努力で掴《つか》み取《と》ったものは一つもない。ただ当たり前の顔をして特権を享受してきたのみ。その裏にある責任や重圧など存在自体気づいていないに違いなかった。

――これじゃ仮に侯爵家を継いでも、数年で傾けそう。セレスティアの父親はいけ好かないけど、人を見る目は確かだな。

忌々しいが、ユーリとダリウスのどちらが後継者に相応しいかは一目瞭然である。血の濃さより能力を優先するなら、考えるまでもなかった。

「っち。可愛げのないガキだ。――もっとも、セレスティアが死なきゃ、お前に爵位が回ってくることはない。残念だったなぁ、あいつはまだくたばりそうもないぞ。一日でも早く死ぬように、祈るんだな」

下品にせせら笑うダリウスを、実里は心の底から軽蔑した。

何て品性下劣な男なのか。こういう『悪役』は怖気《おぞけ》が走るほど大嫌いだ。

もし今自分に実体があり、他者へ干渉できるなら、ローキックで男の体勢を崩し、ボディに一発、その後前のめりになったところへ膝蹴りを喰らわせ、KOしてやりたかった。

——拳が疼く……コイツ、体幹もグラグラじゃない。だらしない生活をしているんだな。

実里が荒ぶる気持ちを宥《なだ》めようと息を吸った時。

「……笑えない冗談を口にするのは、性格か頭のどちらかが悪いと思われるので、やめた方がいいですよ」

それまで何を言われても上手《うま》く躱《かわ》していたユーリが、突然低い声で反応した。

とても十代半ばの少年のものとは思えない。恫喝《どうかつ》の響きを孕《はら》む、威圧的な声音だった。

「な……っ、それは俺を馬鹿にしているのかっ？」

「そう聞こえていたのなら、謝罪いたします。あくまでも一般論ですよ」

否定も肯定もしない。ここでダリウスが激昂《げっこう》すれば、己を『性格か頭が悪い』と認めることになると、叔父も気づいたらしい。

顔を真っ赤にしつつも、ダリウスはそれ以上ユーリに噛みつこうとはしなかった。

「ふ、ふんッ、どうせお前が兄貴の期待に応えられなきゃ、すぐにお払い箱だ。いつ追い出されてもいいよう、精々今から実家に戻る準備でもしておけっ」

見事な捨《す》て台詞《ぜりふ》だ。

負け犬でしかないダリウスは、言うだけ言って踵《きびす》を返した。本当に打たれ弱い。彼は一度も振り返ることなく庭園を横切り、邸内へ入っていった。逃げたと表現するのがより正確である。

――流石ラスボスになる悪役は、あんな小悪党なんて敵じゃないな。……でもどうして急に怒ったんだろう？

ダリウスの言葉なんて、ユーリは右から左に聞き流していた。彼には毛一筋ほどの傷もつけられなかったと思われる。耳を傾ける価値もないと判断していたのが見て取れた。

それなのに、急に攻撃的な台詞と態度でダリウスを煽《あお》った理由は。

――ぁ……

ユーリは、無言でセレスティアの部屋に向かい頭を下げていた。

周囲には人がいない。窓辺に立つ者も皆無だ。つまり誰にも目撃されることはなく、セレスティア本人にも彼の行動が知られる日はこないだろう。

それでも――誠実に謝罪の意を込めて。時間にして数秒。黙したまま深く腰を折り。

――こういう人だったんだ……

実里が全く知らなかった彼の一面。アニメでは描かれなかったシーン。

何か思惑があると疑うには、この場にいるのはユーリだけで、一つもメリットが感じられなかった。人間は人目のないところでこそ、本性が出る。外面を誇示する必要のない場面での行為に、打算があるとは思えなかった。

――どうしてだろう、今彼に触れたい。そっと抱き寄せて、頭を撫でてやりたい。

その気持ちの名前はよく分からないけれど――実里が初めて胸に抱く種類のものであるのは、間違いなかった。

——……え、身体が浮き上がる……！

実里の意識が地表を離れて高く舞い上がる。夢の中なのに妙に生々しい。空中を浮遊し、身体の重みはまるで感じない。

どんどん視界が高くなり、ハッと気づいた時には、実里はベッドの中にいた。

「……っ」

既に、何年も暮らしたボロアパートの一室よりも居心地のよくなったセレスティアの寝室。

帰ってきたと感じてしまう程度には、見慣れている。

ドッドッと心臓が暴れ、手足の重みが戻っており、薄っすら汗ばむ肌は若干の暑さを訴えていた。

そっと両手を顔の前にかざせば、当然ながら透けてなどいない。生身の、普通の身体である。

そして今までで一番、しっくりと馴染《なじ》んで感じた。

これまでは自らの意思で動かせても、借り物感が拭いきれなかったセレスティアの肉体。

大きさや筋力が違うせいだとずっと思っていた。それが今日は欠片も違和感がない。己の肢体だと明確に意識できた。

——セレスティアと感覚を共有しているみたいに……

彼女の過去を追体験したせいか。

今見た全てが本物だとは限らない。そもそもアニメの世界の話でしかなく、実里にはどちらにしても創作上のことだ。

――だけど私はあれらが『実際にあったこと』だと確信している。

きっとセレスティア自身も見聞きしたのではないかと。

しかし彼女は幼い当時今より虚弱で、親の会話を盗み聞きすることも、ユーリの独り言に耳を傾けたことも、ダリウスの妄言に付き合ったこともないに決まっていた。

――それでもセレスティアが知っていたとしたら？

常識なんて最初から無意味だ。実里がこの世界にいること自体が世界の条理に反している。どんな不可解な事象が起こっても、『あり得ない』で済ますのは早計だった。

――子どもだったセレスティアも、さっきの私みたいに精神だけでさまよったのでは？　何度も死にかけたみたいだし、幽体離脱くらいしたんじゃないの？

そして沢山のことを見聞きした。汚いこと。人の本音。同情に嘲笑。裏側のあらゆる悪意を。

好きに動けない身体を抱え、どれほどもどかしかったことか。彼女に思いを馳《は》せ、実里は無意識にセレスティアの身体を抱きしめた。

「……辛かったね」

いつ儚くなってもおかしくない身で、誰にも頼れず甘えられず。守ってくれる大人はいなかった。

実里と同じだ。

初めて本当の意味で彼女の気持ちが理解できた気がする。セレスティアを誰よりも近しい存在に感じた。

——不幸に、なってほしくないな。

自分が助かるためだけではなく、セレスティアにも明るい未来を手に入れてほしい。健康になって長生きをして、幸せになってくれと純粋に願った。

それからユーリにも。

元の世界へ帰ることばかり考えてきた実里は、自分が去った後のこの世界について思いを馳せたことはほぼなかった。無関係だと感じていたから。

けれど本当にそうだろうか。

創作の物語であっても、五感で感じ取るものは全てリアルだ。ここで生きる人々には、アニメで描かれていなかった奥行きがある。

普通の人間と何ら変わりはない。だとしたら、実里には『どうせ作り物』と割り切ることはできなかった。

——ユーリを信じたい。

彼は根っから冷酷な悪役ではなく、本質は優しく孤独な努力家だ。少々愛が歪んで重いところはあるが、それだって寂しさの裏返しなのだろう。

実の両親と離れ、ダリウスのような足を引っ張ろうとする敵と戦い、アンガスタ侯爵の期待に応え続けることでしか、己の価値を示せない。生きるために、選択肢なんてなかった。

そんな人がどこかの時点で道を踏み外し、外道に堕ちたとしたら——助けたいと実里は強く思う。きっと今ならまだ間に合う。ユーリには、このまま日の当たる道を歩んでほしい。ハッピーエンドを求めて何が悪い。

わざわざ不幸になるキャラクターを増やす必要なんてない。彼もセレスティアも平々凡々に生きていいのではないか。

——波乱万丈な展開なんてくそくらえ。この物語、陰謀蔓延《はびこ》る逆ハーレム恋愛ものから、ほのぼの日常系アニメに変えてやる。

このまま悲劇が訪れないように。これと言った山も谷もないストーリーに改変すれば、きっと誰も死なず穏やかな日々が過ぎてゆく。

国家の存亡や激しい駆け引きは、ユーリ抜きで主人公たちにお任せしよう。メインからサブまで各種イケメン揃《ぞろ》いなのだから、彼一人くらいいなくなっても絵面は問題ないはずだ。

しかもユーリが悪役になり暗躍しない限り、何も事件は起こらないのだから。

——決めた。これぞプランC。私はユーリを本編に関わらせない策を取る。それこそが結果的に彼とセレスティアの幸福に繋がる。——そして満たされた毎日が訪れれば、ユーリが私に執着することもきっとなくなる——

新たな目標が定まった。僅かに痛む胸からは目を逸らす。

実里は一人ベッドの中で、闘志を燃やした。

第六章　あり得たストーリー

決意も新たに今後の対策を練ろうとした矢先、実里はものの見事に出鼻を挫《くじ》かれた。

その日、だいぶ身体が丈夫になりつつあるセレスティアのため、イライザが気合を入れていつもよりも手の込んだティータイムを用意してくれた。

薔薇《ばら》が盛りの庭園で、極上のテーブルクロスを敷き、料理長特製の菓子や軽食を並べ、華やかに飾り付けて。まるでどこかのパーティーに招かれたかのような光景に、実里も思わず感嘆の息を漏らした。

「綺麗ね」

「お嬢様のために張り切りました。年頃のご令嬢は他家のお茶会に出入りなさいますが、セレスティア様にはこれまで機会がなかったので……ですが、きっとこれからは沢山の招待状が届くと思います。お嬢様自身が主催なさる日も近いのでは？」

「いつもありがとう、イライザ」

達成感を滲ませ微笑む彼女に礼を言って、実里は用意された席に腰掛けた。

現実世界でこういうキラキラしたものは自分に似合わないと思っていたし、さほど興味もなかったが、いざ目の前に並べられると悪くない。苦手だった甘いものも近頃美味《おい》しく感じる。

優雅なティータイムに、気分が上向いた。

「本日、ユーリ様はお見えにならないのですね。お忙しいのでしょうか」

「今日はお父様にお客様がいらして、一緒にお相手をするのだと聞いたわ」

何でも仕事上重要な取引相手らしい。次期後継者として同席を命じられたそうだ。

「ああ、それで朝から邸内がざわざわしていたのですね」

こういう時、セレスティアは決して父親に呼ばれることがない。いないものとして扱われる。

多少健康になったところで、父の眼中には入らないのだろう。それを悲しいと感じるよりも、実里は献身的なイライザが傍にいてくれることに感謝した。どうせ自分にとっては、知らないオッサンだ。

「最近はユーリ様と共にお茶をいただくことが多かったので、何やら物足りないですね」

「たまにはイライザと二人なのも静かでいいわ。貴女も座って飲んで頂戴。一人で味わってもつまらないでしょう」

「え、ですが」

「いいから。せっかくカップもあるんだし、私はこんなに沢山食べきれないわ」

渋る彼女を強引に着席させ、実里は薫り高い茶に口をつける。

刹那、低く刈り込まれた樹々《きぎ》の影から一人の女性が顔を覗《のぞ》かせた。

「あらっ、お茶を楽しまれている方がいるとは知らず、失礼いたしました」

この家の使用人ではない。

身に着けたドレスは可愛らしく、若く整った顔立ちの彼女によく似合っていた。おそらく貴族。

——この人、まさか——

実里の記憶が刺激される。

大きな瞳はいつも煌《きら》めき、小振りな唇は艶《あで》やかでよく動く。表情豊かな顔は愛らしく、栗色《くりいろ》の髪は親しみと柔らかな印象を見る者に与えた。

それでいて珍しい赤い瞳が神秘的であり、じっと見つめられると、誰もが彼女を好きになる。

明るい笑顔と軽やかな美声。人を魅了する天性の才能。愛されるべきキャラクター。

アニメの主人公が無邪気に笑い、立っていた。

——どうして？

本編が始まるのは、セレスティアの死後、ユーリが爵位を継いで数年してからのはず。

本来なら彼女と主人公はまだ出会ってもいないし、彼女がアンガスタ侯爵家と交流を持つこともなかったのではないか。それなのに何故ヒロインがここにいるのか、サッパリ分からない。

混乱する実里は、動揺のあまり目を見開いて固まった。

「あ、驚かせてしまい申し訳ありません。私、クレア・ローザーズと申します。本日、父がこちらでお仕事の話をさせていただいているのですが、アンガスタ侯爵家には素晴らしい庭園があると聞いていたので、私もお邪魔させていただきました」

——そんな展開はアニメになかった。確か隣国同士が戦争を始め、そこから段々きな臭くなって、この国が巻き込まれないために主人公たちが活躍するのだから。

戦火が近づき国内情勢が乱れた混乱の中、ユーリはアンガスタ侯爵を手にかけ爵位を継ぐ。その何年か前にセレスティアも殺されたのだ。

だが現在、まだ隣国は小競り合いの域を出ていない。国内が不穏な空気を増してゆき、クレアが立ち上がるには猶予があるはずだった。

つまり、彼女が登場するのが早すぎる。だとしたら、考えられる可能性は一つ。

——ストーリーが変わった？　それとも私が無理やり改変しようとしたことで、元の流れに戻ろうとしている？

このままなら、ユーリは悪役として覚醒しない。実里がそうはさせない。

何よりも自分は生きている。そのせいで大幅に物語が変化したとしたら。

——どんな力が働いているのか知らないけど、何が何でも彼を悪役に戻すつもり？

ゾッと背筋が冷えた。暖かな日差しが降り注いでいるのに、突然凍り付きそうなほど寒気が走る。

実里が挨拶を返さないことを不思議に思ったのか、クレアが可憐《かれん》な仕草で首を傾げた。

「もしや、セレスティア様ですか？　お初にお目にかかります。お会いできるとは思っていなかったので、とても嬉しいです」

アンガスタ侯爵家に、年若い娘は他にいない。それ故、彼女はこの場にいるのがセレスティアだと気づいたらしい。

「……初めまして。我が家へようこそ。セレスティア・アンガスタと申します」

「ああ、やっぱり！　お噂では私と同じ歳のとても美しい方だと……想像以上です。あの、よろしければ少しお話しませんか？」

屈託なく言われては、無下にはできない。それにクレアをこのまま遠ざけるのも実里には恐ろしかった。

――私の知っているストーリーからどんどんかけ離れてゆく。これが幸か不幸か見極めないと、取り返しのつかないことになるかもしれない。

実里が目線でイライザに指示すれば、優秀なメイドは素早くクレアの席を設けてくれた。

「同席を許可してくださり、ありがとうございます、セレスティア様。貴女も、突然ごめんなさいね」

イライザにも気を配る無垢《むく》な微笑みには裏表が感じられない。少なくとも実里には、彼女が実は性格が悪いとか、外面がいいだけの人間には見えなかった。

どちらかと言えば、お人好《ひとよ》し。傍にいるとホッとする。そういう雰囲気を兼ね備えた純真な女性としか思えない。作中でも、少々抜けたところがある、正義感溢れるまっすぐな人柄だった。

――だったら、クレアが引き金になってユーリが壊れるわけじゃない？

探らなくてはならない。彼とセレスティアを守るために。

実里は強張《こわば》る頬に、渾身の笑みを浮かべた。

「――お父様の付き添いでいらしたんですか？」

「はい。完全なおまけです。どうしてもアンガスタ侯爵邸のお庭を見せていただきたくて、おねだりしてしまいました。でも父の仕事の邪魔はできませんから、こうして一人で散策する許可をいただいたのです」

「そうですか。あの、ユーリにもお会いになりましたか？」

「ええ、さきほど。とても素敵で聡明な方でした。あんなに立派な後継者がいらっしゃるなら、アンガスタ侯爵家は安心ですね」

皮肉や偽りは含まれていない。本気でそう称賛しているのが伝わってくる口調だ。

疑うのが馬鹿らしくなるほど、彼女は晴れやかに笑った。

「うちの兄なんて、いつまでも頼りなくて……父に毎日叱られています。それよりもセレスティア様の髪、とても艶やかでお綺麗ですね。どんな手入れをなさっているのですか？」

ユーリにはあまり関心がないのか、クレアが話題を変えてきた。

興味津々に身を乗り出してくる。どうやら彼よりもセレスティアのことが気になるらしい。

「え」

「しっとりサラサラで、絹糸のようです。私なんてすぐに絡まって広がるのに、羨ましい」

「ぁ、よろしければ私が使っている香油を差し上げましょうか？」

「本当ですか？　ぁあっ、でも初対面でそんな、申し訳ないです」

喜色を浮かべた直後に我に返り、慌てて遠慮する様は、控えめに言って好感が持てた。とても良識的で誠実な人柄が窺える。

そんな彼女がユーリを傷つけ悲劇に突き落とすだろうか。たとえば彼女がユーリを誘惑し裏切ってヤンデレ化させるとは到底思えないのだ。

――だとしたら、この出会いはどんな結末に繋がるの？

無意味とは考えられない。実里に対する何らかのメッセージを読み取りたくなる。

それが何かは全く不明でも、自分の中の勝負勘が『ここが大事なポイントだ』と叫んだ。

「――クレア様、こちらにいらっしゃったのですね。御父上が探していらっしゃいますよ」

「あら、ユーリ様。もうお話は終わったのですか？」

「ええ。そろそろ帰られるそうです」

「それで私を探しに来てくださったのですか、申し訳ありません」

仕事に関する打ち合わせが終わったらしく、現れたユーリが恭しく頭を下げた。

ピョコッと立ち上がったクレアが眉尻を下げて謝る。

二人の間には、親しげな空気は微塵《みじん》もない。ただの知り合い程度の距離感だった。ユーリに至っては、客人の娘だから丁寧に接しているのが、実里には丸分かりだ。個人的興味を抱いていないのが、傍から見て明らかだった。

――クレアにしても、これっぽっちも意識していない。あれほどの美形に対して全く動じないとは……流石イケメンパラダイスの主人公。でもアニメでは見惚《みと》れていなかった？

二人がこのタイミングで出会う意味を警戒したのに、とんだ肩透かしである。

実里は彼らの儀礼的なやり取りを、拍子抜けしつつ見守った。

「それではセレスティア様、また是非お会いしましょう」

「え、ええ。機会があれば」

「これを機にお友達になれたら嬉しいです！」

明るく手を振ったクレアが帰ってゆく。見送った実里は、しばし呆然《ぼうぜん》としていた。彼女を馬車まで送ったユーリが戻ってくるまで。

「お話が盛り上がったようですね。セレスティアに友人ができて、僕も嬉しいです」

「友人……ええっと、貴方は他に何か感じなかったの？」

「他に？　どういう意味です？」

「いや、ドキドキしたとか、逆に苛々《いらいら》したとか……」

そういう感情の変化が後々大きな意味を持つかもしれない。しかし予測に反して、彼は困惑気味に眉を顰めた。

「別に？　仕事上の客人に対し、特別そういう印象は抱きません」

「あ、そう」

——普通は恋愛ものの主人公とイケメンが出会えば、その場でイベントが発生するんじゃ？　初《しょ》っ端《ぱな》からトキメキがあったり、はたまた最悪の第一印象が刻まれたり……とにかく忘れられない出会いになると思うんだけど。アッサリしているな。

ビジネスライクだ。それ以上でも以下でもない。

何ならユーリはもうクレアのことなど頭から追い出しているらしく、実里に陶然とした眼差しを向けてきた。

「今日はアンガスタ侯爵に命じられ、セレスティアといる時間が削られたので、非常に残念でした」

「あ、うん」

手を握られ、その甲に口づけられる。放っておけば頬擦《ほおず》りしそうな勢いである。

うっとり潤んだ瞳には、セレスティアの姿だけが映っていた。

――ぶれないいな。彼とクレアが出会えば、何らかの変化が起こる可能性も考えたのに――ないな、これは。

ガッカリしているのかそれともホッとしているのか、自分でもよく分からない感慨が胸に渦巻く。

実里はひとまず考えることをやめ、取られていた右手を奪い返した。

「恥ずかしい真似はやめてください」

イライザがいるので、一応は言葉遣いに最低限気を配る。だが心の奥がむず痒《がゆ》く、やや仕草はぞんざいになっていた。

「照れる貴女も可愛いな」

「ちょ、そういうことを言うと誤解されるでしょう?」

「誰にです？　ここには他に人はいませんよ」

「イライザが見ています」

屋敷の使用人にユーリとセレスティアの関係が噂されれば、いずれは侯爵の耳にも入る。

そうなれば厄介なことになるのは目に見えていた。

イライザが主の秘密を言い触らすとは思っていなくても、警戒するに越したことはない。

実里は彼を睨《にら》み付《つ》けて警告したのだが。

「イライザなら、先に屋敷の中へ戻りましたよ」

「えッ」

全然、気づかなかった。慌てて実里が周囲を見回すと、確かに忠実なメイドの姿はない。それどころか視界に入る範囲に、二人以外の人影はなかった。

「い、いつの間に……」

「気の利くメイドです。ああいう人材は得難い宝ですね」

にこやかに微笑む男の顔は、実に悪辣だった。なまじ造形が整っているだけに、質《たち》が悪い。

再び手を取られた実里は、椅子に腰かけたユーリの膝の上に乗せられた。

「なっ、下ろして！」

「騒ぐと人が様子見に来てしまいますよ？　僕は一向に構いませんが」

「ぐ……」

だったらこちらが立ち上がってしまえばいい。そう思っても、がっしり腰を押さえられているので、身動きが取れない。

涼しい顔をした彼は、余裕ぶった表情のわりに実里を逃がす気は一ミリもなさそうだった。

「僕と会えなくて、寂しく思ってくれましたか？」

「静かで快適だったわ」

「つれない人ですね。でもそこもいい」

実里の襟足に鼻を埋めたユーリが吐息で囁く。密着していなければ聞き取れないほどの声量だ。それがとても艶《なま》めかしく、実里の肌が騒めいた。

「……んッ、……仕事の話は上手く纏《まと》まったの？」

「勿論。初顔合わせでしたが、双方納得のいく結果を得られました」

「そう」

——だったら、仕事上の利権が関わるゴタゴタで彼が道を誤ることはない？

今はまだ様々な可能性が考えられる。あらゆる方面に警戒しておくべきだと実里は考えた。しかし考察するべき重大事を押《お》し退《の》けて、浮かび上がってくるのは別の件だった。

——でも本当にクレアには惹《ひ》かれていないみたい。

どうしてもそれが気になる。ユーリが変わってしまうきっかけも勿論気にかかるのだが、同じくらいこの物語の主人公たる彼女との関係が引っかかり、実里の心を掻《か》き乱《みだ》すのだ。

——そうか。私、二人が出会えば彼の心が動くと思っていたのか。

今はセレスティアに注がれている眼差しも歪な執着心も、全てクレアに向かうのではと。

自覚するよりずっと怯《おび》えていたらしい。

けれど、何もなかった。彼はクレアに関心を移すことなく、相変わらず実里の傍にいる。

そのことが、殊《こと》の外《ほか》嬉しかった。

——変だな。適切な距離を取ってほしいと思っていたのに。今はまるで変わらなかったユーリに安堵《あんど》している。何で？

自分の心がよく分からない。

実里は戸惑いつつも、彼が背後からこちらの首筋に口づけてくるのを受け入れた。


数日後。

招かれざる客がやってきた。ダリウスである。

実里が足腰鍛錬のため、階段の上り下りを繰り返している時に執事の制止を振り切って邸内に乗り込んできた挙句、姪《めい》に対して「まだ生きていたのか」と発言する屑《くず》っぷりを披露した。

——殴ってやりたい。

青筋が浮いたのは、言うまでもない。

最近かなり体幹がしっかりしてきたので、キックの一発くらいお見舞いできそうだ。

——この動き難いドレスでなければ……いや、重い服のおかげである意味トレーニングになったとも言えるけど。

常に動きが制限され、錘《おもり》をつけているようなものだ。正しい姿勢を取るだけでも一苦労である。

——機会があったら、絶対に一発入れてやる。

そんなことを実里が考えているとも知らず、叔父であるダリウスは鼻息荒く捲《まく》し立《た》てた。

「何だって？　兄貴は不在なのか？」

「ええ、本日は会食の予定で深夜まで戻りません」

「くそっ、俺がわざわざ足を運んでやったのに」

「お待ちいただいてもお会いできる保証はありませんので、今日のところはお引き取りください」

ダリウスの襲来にうんざりしているのか、執事の言葉は丁寧でも早く追い返そうとしているのが窺えた。

——来てくれと頼んだ覚えはないし、いい大人がアポなし突撃なんて。常識がない人間は、見苦しいな。

実里はたまたま居合わせてしまった手前、無視して自室に戻ることもできず、騒ぎ立てる叔父の姿を生温《なまぬる》く見守った。

「おい、セレスティア！　お前からも何か言え。今夜は俺が泊まり込んで兄貴を待つことにする」

「困ります、ダリウス様。旦那様が不在時に勝手な真似をされては……」

「何だと？　俺はこの家の息子だぞ。爵位は兄貴に譲ってやったが、次の侯爵は俺が相応しい！」

まだそんなことを言っていたのかと呆《あき》れ、実里は執事に同情した。こういう揉《も》め事《ごと》は今まで自分の目に入ることはなかったが、何度も起こっていたに違いない。

未だ侯爵の地位を諦めていないダリウスは、ことある毎に突撃してくるようだった。

――いい加減諦めればいいのに。だいたい私に何を言ってほしいんだ？『叔父様ようこそ』とでも言えと？　寝言は寝て言え。とりあえず帰れ。煩いから永遠に出て行ってくれ。息もするな。

脳内で悪口を並べ立て、実里は嘆息する。どうすればキャンキャン吠《ほ》える叔父を追い出せるか思案しているところにやってきたのは、ユーリだった。

しかも階段下にいるダリウスを階上から睥睨《へいげい》して。大階段の上から叔父を見下ろすユーリは、さながら王者のように泰然としていた。

「ダリウス様、ようこそ」

「……野良犬がすっかり居座りやがって」

下品なことを言いながらも、ダリウスの勢いは削がれていた。

まだ少年の面影を残していた過去のユーリとは違い、今の彼は大人の男に成長している。

身長はダリウスよりもずっと高くなり、体格だって優れている。

顔には自信が満《み》ち溢《あふ》れ、気品が増し、何よりもセレスティアの父親に認められた功績をダリウスが知らないはずがない。

つまり、噛《か》み付《つ》く隙もない完璧な男になったユーリに、歳だけ取ったダリウスは既に敗北を喫しているのだ。それを本人が認めないだけで。

「ダリウス様が滞在できるよう客間を用意しなさい」

「ですが、ユーリ様……」

「侯爵様がいらっしゃらない時は、僕の指示に従ってもらう。そのように侯爵様が決められたはずだ」

「は、はい。かしこまりました」

ユーリが冷静に告げれば、渋っていた執事が頭を下げた。

ダリウスはそんなやり取りも気に入らなかったのか、盛大な舌打ちをしている。「俺の言葉は無視して、野良犬の言いなりか」とぶつくさ呟《つぶや》いていた。

「おいセレスティア、早く帰ってきてと父親に連絡しろよ。一応は娘なんだからそうすりゃ少しは急いで戻ってくるだろ」

随分な言い草だ。返事をするのも面倒で、実里は曖昧な表情を無言で貫いた。

「可愛げのない女だな……」

こちらの冷ややかな眼差しは感じ取れたのか、ダリウスが若干怯《ひる》む。それでも滞在を許可されてホッとしたらしく、叔父は案内する執事の後をそそくさと追っていった。

「……セレスティア、大丈夫ですか？」

「ん？　別に何もされていないけど」

「ひどい言われようでした。叩《たた》き出《だ》したいところでしたが、煩《うるさ》く騒がれて貴女の頭痛の種になるといけませんし——今後はダリウス様と顔を合わせないよう取り計らいますので許してください」

「許すも何も……気にしてないって」

彼が実里に許しを請う必要はない。この家の実権は既にユーリが握っているのだから。

「ですが、顔を顰《しか》めていらっしゃいました」

「え、あれでも笑っていたつもりだったのに。引き攣っていた？」

「他の者には微笑んで見えたかもしれませんが、僕の目はごまかされません。いつだってセレスティアだけを見つめているので」

サラッと甘い台詞を囁かれ、不意打ちを喰らった気分だ。

悔しいが赤面し、実里はわざとらしい咳払《せきばら》いでごまかした。

「んんッ、耳障りな大声でがなり立てているから、煩いなって思っていただけだって」

「セレスティアは大きな音で頭が痛くなると、以前イライザが言っていました。貴女を不快にする要因は僕が全部排除したい」

彼の声が吐息を伴い、実里の耳を擽る。

ゾクッとした愉悦が滲み、耳朶が熱を孕むのを止められなかった。

「いちいちいやらしい声で言わないで」

「それはセレスティアが僕に誘惑されているということですか？」

思わせ振りにこちらの毛先を指で弄んだユーリが、髪にキスを落としてきた。普通なら引いてしまいそうな気取った仕草が、この上なく様になる。

つい見惚れる自分の横面を叩《たた》きたい気分で、実里は彼から一歩離れた。

「叔父様がいる時に、変なことをしないで頂戴」

「いなければ問題ありませんか？　でしたらやはり先ほど叩き出せばよかった」

「そういう問題じゃない！」

「ははっ、でも絶対に嫌だと拒否されなかったので、とても嬉しいです。それに僕に何をされるのか想像し、期待してくれたんですよね？」

言われてみれば、駄目だとは言わなかった。解釈次第で『後ならいい』と告げたのも同然。

心の底で、実里は既にユーリを拒絶する気がなくなっているのを自覚した。

「それは、言葉の綾《あや》っていうか……」

「だとしても嬉しいです。無意識に貴女の中に僕の居場所ができ始めているということだ」

おそらく、居場所ならとっくにある。

セレスティアとして目覚めて以来、実里は色々な意味で彼のことばかり考えている。初めはどうやって危機を回避するかを。それが懐柔を目論《もくろ》むようになり、今ではまた別の理由を持ち始めた。

——思い返してみたら、私はずっとユーリを気にしている。感情の種類が何であれ、誰よりも大きな存在であることには間違いない。

敵意や警戒心にしろ、打算にしろ、好意にしろ。心が囚《とら》われているという意味では同じだ。四六時中一人の人を思い描き、声が聞こえれば反応し、姿が見えれば胸を掻き乱される。

実里を冷静でなくす人。そんな相手は元の世界を含め世界中探しても、たった一人だった。

「……貴方の中にも、私の居場所があるの？」

「当然です。むしろ貴女だけがいる。ここはセレスティア専用です」

胸に手を当てた彼が艶やかな笑顔になる。

熱の籠った言葉と、それ以上に想《おも》いが籠った瞳。

気障《きざ》な台詞を並べ立てるのがユーリでなかったら、実里は呆れと共に吹き出しかねなかった。気持ち悪いくらいの悪態は吐いたかもしれない。それなのに今は、視線を逸らせずにいた。

――変な人。いくら見た目がセレスティアでも、中身は優雅さや教養がない私なのに。気が強くて口調は乱暴。言いたいことを隠しておけず、欲に忠実。そんな女のどこがいいんだろうか。

そして実里自身、迫ってくる彼を笑い飛ばせないことが不思議だった。

――あ……もしかしてこれが『面白ぇ男』枠？

己の趣味がやや歪んでいることは知っている。

格好《かっこ》いいだけ、優しいだけ、金持ちなだけ、尽くしてくれるだけでは満足できない。もっと別の、癖のあるスパイスが効いた男が好みだ。そういう意味で、ユーリは見事ど真ん中だった。

——うわ……認めたくない。そんなの駄目男に引っ掛かる女の典型例だ。っていうか、これって私がユーリのことを……

顔が引き攣ったのが自分でも分かる。何というままならなさ。何故ごく普通の男を選ばないのか。

——いやいや、まだ確定したわけじゃない。一時の気の迷いかもしれないし。アニメの世界に入り込むなんておかしな状況にあるせいで、判断力が鈍っているだけだ。

そう、気を取り直す。落ち着いて考えれば、色恋なんぞにかまけている余裕は実里にはないのだ。

——元の世界に戻ることを第一に掲げて、その途中ユーリとセレスティアが平穏に生きていけるように取り計らうのが、私の目標。

自分を見失うなと己を叱咤《しった》し、実里は奮い立たせた根性でユーリと視線を合わせた。——そして、後悔した。

目が合った瞬間、心臓が大きく跳ねる。全身が騒《ざわ》めいて、呼吸の仕方を忘れた。

意識や眼差し、あらゆる感覚が彼に吸い寄せられる。もっと接近し触れ合いたいと、無意識に願っていた。

「ぁ……」

「愛しています、セレスティア。……今夜も貴女の部屋へ忍んでいいですか？」

いつもなら、あれこれ理由をつけて一度は断る。最終的に頷くとしても、初めから受け入れるのは、何だか実里のプライドが邪魔をしたからだ。けれど今日は。

真っ赤に染まった頬をごまかす仏頂面で、実里は小さく顎を引いた。

——私、どうかしている……

その日、夜の帳《とばり》が下りるまで、彼のことばかり考えたのは言うまでもない。

何かが自分の中で変わる予感がする。いや、変化は随分前から始まっていた。実里が認められずにいただけで。

認めてしまえば、もう引き返せない。それが分かっているだけに、ずっと足踏みしていた。

だが最早《もはや》己をごまかし続けるのは限界。頭の中がユーリのことで一杯なのが、その証拠だった。

だから夕食時もダリウスと顔を合わせなかったこともあり、叔父が滞在していることを実里は半ば忘れかけていたのだ。

ユーリがやってくるにはまだ少し早い時間帯。

イライザが退室の挨拶を実里にし、部屋を出ていった直後に扉がノックされた。

「……誰？」

こんな夜更けに実里を訪ねてくる人物に心当たりはない。ユーリならば、こちらが返事をする前に、我が物顔で入ってくる。

実里は若干戸惑いながら、ベッドを下りて扉の前へ移動した。

「セレスティア、俺だ。開けてくれ」

「叔父様？　はい？　今何時だと思っていらっしゃいます？」

こんな刻限に訪ねてくるなんて非常識だ。いくら親戚でも叔父と姪の関係ではドン引きだった。ついこちらの声も低くなるというもの。姿が見えないのをいいことに、実里は思いっきり顔を顰めて嫌悪を示した。

「明日、改めていらしてください」

「今夜中に伝えておきたいことがある。あの野良犬――いや、ユーリに関することで、お前も知っておいた方がいい秘密を俺は握っている。このままではあれにアンガスタ侯爵家は食いつぶされてしまう。お前だって、いつ寝首を掻《か》かれても不思議はないぞ」

無視してベッドに戻ろうとしていた実里の足が止まった。

ダリウスにそこまでの計算があったとは思えないが、図らずも実里の関心を引くには一番の話題をちらつかせられたためだ。

――秘密……？　それって、ユーリが悪役に堕ちることと関係している？

だとしたら、聞き逃せない。今はどんな小さなヒントも欲しかった。何がきっかけになるのか、この物語が向かう先はどうなっているのか、少しでも情報を仕入れて損はない。

しばしの逡巡《しゅんじゅん》の後、実里は意を決し扉を開いた。

勿論、武器となるペーパーナイフを寸前に隠し持つ。いざとなればこれで反撃するつもりだ。致命傷は与えられないが、怯ませ時間を稼ぐことくらいはできるはず。

――もうすぐユーリがやってくるだろうし、ダリウスに自分が疑われる状況で姪をいきなり手にかける度胸はない。そんな間抜けな真似をすれば、流石にアンガスタ侯爵から見限られる。

冷静に考え、実里は叔父を招き入れた。

「扉は完全には閉じませんよ。疚《やま》しい話をするわけではありませんから、叔父様もその方がいいに決まっていますよね？」

異論を唱えにくい断定で、実里は機先を制した。ダリウスは何か言いたそうにしたものの、ここで押し問答するのは得策ではないと判断したのだろう。渋々ながら、黙って鼻を鳴らすに留めた。

「それで、お話とは？」

椅子も進めず、実里はじろりと叔父を見据える。そんな姪の姿が意外だったのか、ダリウスはやや気圧《けお》されていた。

——これまでのセレスティアなら、もっと慎み深く接したのかもしれないけど、残念ながら私に同じ対応を求められても困る。

だいたいいけ好かない相手に礼儀正しくする気もなかった。

「お前、ふてぶてしくなったか？」

「気のせいではありませんか？　元からこんなものです。それより雑談をしにいらしたなら、速やかにお帰りください。私は叔父様と楽しくお喋《しゃべ》りするつもりはありません」

冷ややかに言って傲然と顎をそびやかせれば、彼は明らかにキョドつき始めた。やはり弱い者にしか威張り散らせず、強い者には尻込みするタイプらしい。

「め、目上の人間に対し、その口の利き方は何だ」

「文句なら、育て方を間違えたお父様にどうぞ。もっとも、衣食住は提供されても、あの方から教わったことはありませんが。ですから叔父様に敬意を払えとも言われたことはありません」

どうせ、気にしなくてはならない他者の目はない。執事の対応から考えても、アンガスタ侯爵家でダリウスの地位はあまり高くないと思う。慇切丁寧に扱う必要はないと判断した。

もっと言えば、昼間セレスティアを軽視したことや、ユーリを愚弄したことを実里は許せなかった。

「こ、この……っ」

「あまり油を売っていると、イライザが戻ってくるかもしれませんよ？」

その可能性はほとんどないが、ユーリが間もなくやってくるのは確実である。話があるなら勿体ぶらず、とっととしてほしい。

「……っく、お前はユーリについてどこまで知っているんだ？　大方あの男の容姿に騙《だま》され、無条件で信じているんだろう」

心外である。確かに実里はユーリの外見に見惚れることはあるが、それだけで簡単に心を許しはしない。逆に警戒するくらいだ。どちらかと言えば、顔よりも筋肉の方が興味深かった。

——ユーリを信じようと思ったことに、見た目は全く関係ない。彼の内面を知って、自然と心が動いたんだ。

実里がむっつりと黙り込めば、無言の圧に耐えきれなくなったようで、ダリウスが更に落ち着きをなくした。本当に肝の小さい男である。より追い打ちをかけるつもりで実里が舌打ちすれば、ビクッとするのだから、呆れてものも言えなかった。

「あ、あいつは金のためなら何でもするぞ。兄貴の命令で大人しくしちゃいるが、いずれ本性を表すに決まっている。その時可愛い姪《めい》っ子《こ》がどんな目に遭うのか、俺は心配でならないんだ」

「……はい？」

可愛い姪っ子と聞こえた気がするが、気のせいだろうか。幻聴としか思えない。

ダリウスがセレスティアに対し、微塵も肉親の情を抱いていないのは明らかだ。それなのに急に擦り寄るような発言をされ、戸惑うなという方が無理だった。

――この人……突然何言いだしたの？　私が挑発し過ぎておかしくなった？

実里がポカンとして彼を見れば、その表情を都合よく解釈したのか、ダリウスは勢いづいてこちらへ一歩距離を詰めてきた。

「あんな血縁とも言えない男に、お前が騙されるのを見ていられない。兄貴だって娘が健在であれば、野良犬に家督を譲ろうなんて思わないはずだ。セレスティア、考えてみたことがあるか？　もしあの男が爵位を継げば、お前はきっと家を追い出される。それどころか殺されかねないぞ」

考えてみたことがあるどころか、最初からずっとそれを警戒してきた。故に今更だ。

――周回遅れも甚だしい。セレスティアになって初めの頃だったらダリウスの言葉に惑わされたかもしれないけど、今では何も感じない。むしろこの男の浅はかな卑怯《ひきょう》さが浮き彫りになっただけだ。

本人は隠しているつもりでも、彼こそ実里を利用しようとしているのが見え見えである。

どうせこの後『俺が助けてやるから協力しろ』とでも宣《のたま》うのだろうなと予想していたら、まんまとその通りになった。

「俺たち家族で協力し、ユーリを排除しよう。それがお前を守ることになる。俺が爵位を継げば、セレスティアをこのまま屋敷に住めるようにしてやるぞ」

名案だと信じて疑わないドヤ顔が腹立たしい。

思い切り罵倒したい気持ちを渾身の理性で抑え込み、実里は敢えてゆっくり呼吸した。

「お話は終わりみたいですね。慎重に検討しますので、お引き取りを」

煩く喚《わめ》かれたわけでもないのに、頭痛がしてきた。少々横になりたい。もうダリウスの相手をするのが面倒になり、実里は彼を部屋に入れたことを後悔し始めた。

――微《かす》かな希望に縋ったのが失敗だった。この男に期待するだけ時間の無駄だったわ。

「おい、まだ話は終わっていないぞ!」

「お引き取りください」

「兄貴に早く帰るよう連絡はしたんだろうなっ?」

「お引き取りください」

別の言い回しを考えるのも億劫《おっくう》で、実里はひたすら同じセリフを繰り返した。目は、完全に死んでいる。

ダリウスとしては簡単に言うことを聞かせられると侮っていた小娘が思いの外手強《てごわ》く、苛立ったらしい。

顔を真っ赤にするや否や、踵を返した。

「……ふんっ、従順であればもう少し可愛がってやったものを……！」

「丁重にお断りします」

どんな可愛がり方をされるのか、想像するだけで怖気が走る。

実里はダリウスが部屋を出ていったのと同時に扉を閉めようと、ドアノブに手をかけた。

「お休みなさいませ、叔父様」

「——せっかくお前には解毒薬を恵んでやろうと思ったのに」

廊下に追い出した男の、怨嗟《えんさ》が籠った呟き声。パタリと扉が閉じられ、室内に静寂が戻る。

実里はわざわざダリウスを呼び戻す気にならず、数秒固まった。

——え？　空耳？　解毒薬って何の話。ただの捨て台詞か？

嫌がらせ目的で思わせ振りな発言をしたのかもしれない。だいたい解毒薬を手に入れたいシチュエーションは、まず毒に侵されていなくては成立しないではないか。

そもそも毒物を摂取した覚えのない実里は、疑問符だらけでベッドへ戻ろうと振り返った。その、瞬間。

「あ」

グラッと視界が歪む。

慌てて踏ん張ったはずの足は上手く前へ出ず、実里はその場に崩れ落ちた。

強かに全身を床へ打ち付け、起き上がれない。その上ぶつけた痛みは感じず、代わりに内臓が焼け付くような熱さを覚えた。

――何、これ……っ
これまで脆弱《ぜいじゃく》なセレスティアの身体はしばしば不調になり、数えきれない回数寝込んできた。

その都度、痛みや苦しさ、怠《だる》さに悩まされている。吐き気や寒気、火照りに痺《しび》れなど、辛かったことを挙げればきりがない。だがそれらのどれとも違う痛苦が、実里の内側を焦げ付かせた。

――胃袋を吐きかねないくらい、内臓が暴れている。

体内がシェイクされている気分だ。捩じれてめちゃくちゃに引き絞られる。針で内側から刺されているよう。絶え間なく襲い来る激痛に、実里は呻《うめ》きも漏らせず小さく丸まった。

――まさか毒？　いつ盛られたの？

今日、おかしなものは食べていない。いたって普段通りの食卓だった。代わり映えのしない日常を過ごしただけだ。酒だって、今夜は嗜まなかった。僅かでも変化があったとするならば。

――ダリウスが屋敷に滞在していることだけ……

解毒薬云々の言葉から考えて、あの男が関与しているのは間違いない。

それでも彼から受け取ったものを口にしていないし、共に食事のテーブルにもつかなかった。この状況でダリウスが実里に危害を加えられるはずはないのに。

――分からない……でも他の皆は無事だろうか。

ユーリは。イライザたちは。

主の残した食事を使用人らが食べることは珍しくなく、食の細いセレスティアは、一切皿に手をつけず回してやることも少なくなかった。

――もしあの中に毒物が仕込まれていたなら――

大勢の被害者が出る可能性がある。

暢気《のんき》に倒れている場合ではない。実里はどうにか身体を起こそうともがいた。しかしひっきりなしに訪れる痛みのせいで、呼吸すらままならない。歯を食いしばって激痛の波に耐えること以外、何もできなかった。

――這ってでも、動け。気絶している場合じゃない。

実際には痛みのあまり意識を手放すこともできないのだが、実里は少しずつ体勢を変え、横臥《おうが》の状態になった。仰向けもうつ伏せも苦しい。胎児のように丸くなる。

霞《かす》む視界の中、扉を捉え、次に僅かでも痛みが和らいだら起き上がろうと決めた。廊下にさえ出られれば、誰かに気づいてもらえる可能性が高まる。危機を報《しら》せ、皆の無事を確認しなくては。

――まさか刺殺じゃなく毒殺されるなんて思わなかったなぁ……しかも犯人はユーリじゃなく、ダリウスか。盲点だったわ。

やはりストーリーは大幅に変化している。しかし変わらないのは『セレスティアの死』。ならばそれこそが物語を大きく動かす要因なのだ。

しかも『誰によってもたらされたか』よりもセレスティアの死自体に意味があったらしい。

——私が死んだせいでユーリが壊れてしまったら、嫌だな……

そんな未来は望んでいない。肉体が滅びれば、セレスティアも還《かえ》ってこられなくなる。最悪の結末だ。

耳鳴りがして、自分の呼吸音だけが煩く響く。他には何も聞こえない。

ひどい吐き気で胃の中のものを全部戻しても、まだ嘔吐《おうと》感は治まらなかった。

——駄目。死にたくない。無様にやられてやるもんか。

せめてダリウスに一泡吹かせたい。屈辱をばねにして、実里はドアノブに手を伸ばした。

あと少し。指先が届こうとした瞬間。

「セレスティア……？」

愕然《がくぜん》とした様子のユーリがこちらを見下ろしている。

ノックをし、いつも通り実里の返事を待たず扉を開いて入ってきたらしい。

彼の顔には驚きと恐怖が滲んでいた。

「どうしたのですか？　ああ、こんなに震えて——」

全身を戦慄《わなな》かせているのは、ユーリの方だ。実里よりも彼の方がよほど震えていた。しかも今にも泣き出しそうに顔を歪め、床に転がる身体を抱き上げてくれる。

平気だと言ってあげたいのに、声が出ない。代わりに噎《む》せ返《かえ》った実里の唇から溢れたのは鮮血だった。

「すぐに医師を呼びます。大丈夫。何も心配ありません。すぐによくなります」

ベッドに寝かされ、乱れた髪を直された。

その間もユーリの手は小刻みに震慄している。ただ実里を安堵させようとしているのか、痛々しく強張った笑みを浮かべていた。

――ああ、よかった。ユーリは無事だったんだ。

だったら一安心だ。もしイライザたちに何かあっても、彼がきっと何とかしてくれる。

――でも……叶《かな》うならもっと一緒にいたかった。

そして伝えればよかった。余計なことなんて考えず、本当は自分がどうしたいのかを。ユーリに対する気持ちを。

そう思ったのを最後に、実里の意識はブツリと途切れた。

◇◇◇◇◇

あり得たかもしれない世界の、話をしよう。

食堂で血を吐いて意識を失ったセレスティアを抱きしめ、ユーリは呆然とした。

腕の中の身体がどんどん冷たくなってゆく。呼吸音は途切れがちになり、ただでさえ青白い顔が血の気を失っていった。

「駄目だ、セレスティア……今、医師を連れてくるから……っ」

倒れた彼女を置いていけば、その間にセレスティアは旅立ってしまう予感がした。おそらく、医師が来るまで持たない。

仮に間に合ったとしても、手の施しようがないのは明らかだった。

命の灯火《ともしび》が消えてしまう。もともと他者よりも随分小さく儚い焔だった。それが今、完全に消え去ろうとしている。

ダリウスがユーリを狙い酒に仕込んだ毒を、セレスティアが代わりに呷ったせいで。

あの男が自分を疎ましく思っていたことは知っている。隙あらば追い落とそうとしていたことも。

だから細心の注意を払っていた。特に食事を共にする時などは、一時たりとも気を抜かないように。

それでも表向き敵対するのは得策ではなく、今夜訪ねてきたダリウスと一緒に夕食を摂る羽目になった。

同席したのはセレスティア。アンガスタ侯爵は仕事で屋敷を留守にしていた。だからこそ、ダリウスは行動を起こしたに違いない。

たまには家族だけでなどと空々しく言い、使用人たちを下がらせて、食堂にいたのは三人だけ。

まさか自分が一番疑われる状況でユーリの殺害を目論むほど阿呆《あほう》だとは思っていなかったのが致命

的だった。卑劣な男は、セレスティアが毒杯を呷り倒れた瞬間、大慌てで逃げ出していった。

——いや、僕を殺すつもりはなかった？　あくまでも脅しや警告のつもりだったのかもしれない。

いつでも貴様を殺せるのだぞと示し、己の優位性を誇りたかっただけの可能性は高い。殺人なんて大それたことをする根性があの男にあるとは思えなかった。

だが何の因果か、実際に毒を飲んだのはセレスティア。今思い返せば、彼女は酒に毒物が仕込まれていることに気づいていた気もする。危険だと分かって、敢えてユーリの代わりに飲み干したのだ。

——僕がこの毒を摂取しても、苦しむことはあってもきっと助かった。だが人並外れて身体の弱いセレスティアが耐えられるはずがない。

事実、彼女は今死の淵《ふち》に立っている。間もなく完全に息が止まるのはユーリにも察せられた。

「何故……っ」

「……泣かない、で」

掠《かす》れた声が絞り出される。いつも小さいけれど涼やかだった声音は、喘鳴《ぜんめい》が混じっていた。

薄く開かれたセレスティアの瞳は、こんな時でも澄んでいる。穏やかに諦念を滲ませ、凪《な》いでいた。

「……私が勝手にしたことだから、貴方は気にしなくていい……」

「どうしてこんなことをしたのですか……っ」

本来であればアンガスタ侯爵家の正統な後継者である彼女は、ユーリの存在を苦々しく感じていたはずだ。自分さえいなければ、もっと両親に大事にされると考えていたのではないか。

長く生きられない娘の代わりに爵位を継ぐべく、ユーリが引き取られたのは十年近く前。

しかしセレスティアとはろくに交流してこなかった。同じ屋根の下で暮らしながら、顔を合わせることも年に数回程度。顔見知りの他人よりもっと疎遠であったと言える。

だから彼女が本当は何を考え生きてきたのかユーリが知る由もない。ただ、遠く見かける姿や漏れ聞く噂話《うわさばなし》では、とても凛《りん》とした高潔な女性であると認識していた。

病床にありながら我が身の不遇を嘆くのではなく、己にできることを探して学びを欠かさないのだとか。

下々の者を慈《いつく》しみ、誇り高く。本当にそんな人間がいるのかと疑ったものだ。

けれど時折ユーリと顔を合わせれば、セレスティアは礼を尽くしてくれた。本心は不明でも、家族の一員と認識されていた気さえする。

言葉の端や眼差しに込められた、気配りと優しさ。さりげない配慮。

少しでもユーリがアンガスタ侯爵家で暮らしやすいよう、使用人たちを通じ気遣ってくれていた。

直接言葉を交わした回数は少ないが、屋敷の中には常に彼女の気配があったように思う。

温かな木漏れ日のような。爽やかな風のような。静謐《せいひつ》な光を投げかける月のように。

それが自分の見たい幻想かどうか判断できないまま、今日まで来てしまった。そして今、ユーリは彼女を永遠に喪《うしな》おうとしている。

「……私にできることは少ない。長く生きられないと誰よりも自分で分かっている……だから、せめてユーリの障壁になる人を、道連れにしたかったの……そうしたら、少しは楽にこの家を継げるでしょう……？」

「僕の……ため……？」

己の命を懸けてまで。

打算のない献身に眩暈がした。きっと自分はセレスティアに恨まれていると思い込んでいた分、衝撃が大きい。

驚愕《きょうがく》のあまり、ユーリの瞳が激しく泳いだ。

「何故、そこまで……」

「貴方は私の大事な家族だもの。助けるのは当たり前。……でもごめんね、アンガスタ侯爵家のことを全部背負わせて……」

恨みどころか、彼女が抱えていたのは申し訳なさだった。先に旅立つ自分の代わりに、この家をユーリに押し付けたと考えているのか。

「そんな……」

「最期に私にできることがあってよかった……これで叔父様を糾弾できるでしょう？　もうユーリの邪魔をすることはなくなるはずよ」

痛々しい微笑みを浮かべ、セレスティアが再び吐血した。

床やドレスが赤く染まる。生温い液体がユーリの手を汚し、反して彼女の体温が凍えていった。

「駄目だ、セレスティア」

呼びかけても、焦点の合わなくなった彼女の視線がユーリに向けられることはない。やがてガクガクと全身が痙攣し始めた。

「セレスティア！」

歯がガチガチと噛《か》み合《あ》わされ、苦しげな呻きがこぼれた。このままでは自分の舌を噛んでしまいかねない。それとも吐しゃ物が喉に詰まるのが先か。

どちらにしても、苦しみ抜きながら彼女は死んでゆく。その運命に抗《あらが》うことは不可能だった。

あと数分か。それとも数時間か。下手をしたら数日間。助かる見込みもないのに、僅かばかりの延命をされて。

――ならばいっそ、苦痛は短い方がいい。

ユーリはいつも護身用に身に着けている小さなナイフを、震える手で取り出した。

磨き抜かれた刃がこの場に不釣り合いに光を反射して輝く。

そんなはずがないのに、セレスティアが微笑んでくれた気がした。

――『ありがとう、ユーリ。幸せになって』――

自分に都合がいい幻聴を残し、ユーリの腕の中で彼女はこと切れた。いや、この手で止めを刺したのだ。

セレスティアをこれ以上苦しませたくないと嘯《うそぶ》いて、その実悶《もだ》え苦しむ彼女を見たくなかっただけなのでは。

答えは永久に闇の中。返事をくれる者はいない。ただ血塗《ちまみ》れのセレスティアが腕の中にいた。

ボロボロと心のどこかが剥《は》がれてゆく。崩壊は、瞬く間にユーリの全てを蝕《むしば》んでいった。

「……は、はは……っ」

セレスティアに抱いていた感情は、複雑な申し訳なさ。憧れが入り交じり、常に気後れを感じていた。少なくとも、つい先刻まではそれだけだった。けれど今は。

気丈で愛情深い彼女へ、他の誰にも抱いたことのない感情が渦巻いている。それはユーリが初めて知るもの。

一人の人間として、女性として、愛している。

恋慕を自覚した瞬間、焦がれてやまない人はこの世を去った。二度と自分の手が届かない場所へ旅立ってしまった。

たとえセレスティアのためだったと言い訳しても、ユーリが彼女の眠る場所へ辿り着けることはないだろう。再びセレスティアに巡り合えることは永遠にない。

何故なら彼女を殺めたのは他ならぬ己自身。大罪を犯した者が、穢れのない魂と同じ場所へ逝けるわけがなかった。

——今すぐ命を絶っても、セレスティアには絶対に会えない。

だったら生きることも死ぬことも意味がなかった。

歪な笑顔を幾筋も涙が濡らしてゆく。溢れ続ける涙の止め方は、まるで分からない。泣いたこと自体、いったい何年振りなのか。

空虚な哄笑《こうしょう》が室内に響き、悲しいのかおかしいのかも心が麻痺《まひ》し判然としなくなる。ユーリの涙が渇き始める頃、瞳は昏《くら》く濁っていた。

世界から色が消える。全てが白と黒になり、陰鬱な影の中に沈んだ。

「──……ぁあ、それならもう全てがどうでもいい」

両親のためにアンガスタ侯爵家を継ぎ、彼らに楽をさせてやろうと意気込んでいた。そのためなら、どれだけ嘲られ冷遇されても平気で頑張れた。

だが、その両親ももういない。母は持病の悪化で逝ってしまい、父も事故に遭い儚くなった。

幾度家族への援助を頼んでもアンガスタ侯爵は首を縦に振ってくれず、両親は困窮した果てに命を落としたのだ。せめて充分な食料や温かな上着の一枚でも送るのを許してさえいてくれたなら。

自分をこの世に繋ぎとめていたものは、ことごとく失われ虚しさだけが凝っている。そして今、最後にして最大の鎖が引きちぎられた。

──いらないな。

この世界にしがみつく理由はなくなった。大切にしたかったものは全て指の間からこぼれ落ちた。

ならば全部壊してしまおう。粉々に砕いてあらゆる人々にとって無価値に変えてしまえば、自分の虚《うつ》ろも少しは癒えるのではないか。

一度たりとも自分を救ってくれなかった世界なんて滅びてしまえばいい。人も、国も、神も無に還す。

空っぽになった心に宿る思いは、ひどく素晴らしい名案に感じられた。

セレスティアを抱き上げて、ふらりと立ち上がる。彼女を埋葬したら、早速行動に移そう。まずは正式にアンガスタ侯爵家を継ぎ、ダリウスへ報復しなくては。

ありとあらゆる苦痛をあの男に加え、簡単には死なせてやらないと想像すれば、冷酷で艶やかな笑みがユーリの口元を彩った。ただし瞳は淀んだまま。

全てがただの現実逃避だったとしても——もはやユーリを正気に繋ぐ存在は、何も残されていなかった。

◇◇◇◇◇

今回は本当に死んだかと思った。

実里はベッドに横になったまま、退屈のあまり伸ばした両脚を揃《そろ》えて上げ下げし、腹筋を鍛える。

部屋から出ることは勿論、室内を歩き回ることも禁止されているので、これくらいしかすることがないのだ。

ダリウスに毒を盛られた日から一週間。

流石に直後は地獄の苦しみで、自分でも相当ヤバいと覚悟を決めた。だが、早い段階で全部吐いたことが功を奏したのか、三日後には起き上がれるまでに回復したのだ。

医師によれば、以前のままの虚弱さであったなら、確実に死んでいただろうとのことだった。

——身体を鍛えておいてよかったわ。

まだ食事はほぼ水分しか許可されていないものの、気力は充分戻ってきていた。

事件の後即捕らえられたダリウスに、許されるなら自ら復讐《ふくしゅう》したいくらいである。残念ながらそれは許されず、叔父は監獄送りになったらしいが。

——身分剥奪で、罪人として鉱山の強制労働に従事するって、あの男にとっては死よりも辛いだろうなぁ。貴族としてふんぞり返っていることが、アイデンティティみたいなオッサンだったし。

ほんの少し同情しなくもないが、自業自得である。何せ実の姪を危うく殺しかけたのだ。


あの夜、ダリウスの計画では、ユーリとセレスティアと一緒に夕食を取り、その場でユーリの酒に毒を盛るつもりだったそうだ。

と言っても、死に至る猛毒ではない。

数日間、苦しみ七転八倒しても、健康な成人であれば命を落とすことはない程度のものだ。

最悪多少の障害は残るかもしれないが、そんなことはダリウスにはどうでもよかったらしい。

あの男の目的は、あくまでも脅迫。

ユーリに対し、『いつでもお前の命を狙える』と警告を発し、圧力をかける目論見《もくろみ》だったと人づてに自白内容を聞いて、実里に殺意が湧いたとしても仕方あるまい。

本当に性根が腐っている。

が、ダリウスのガバガバな計画はユーリが食事の同席を断固拒否したため、早々に頓挫した。

そこであろうことかダリウスは、アンガスタ侯爵家の使用人の一人を買収し、ユーリたちの食事に毒を盛ったというのだから、呆れてしまう。

いっそそのしつこさを、他のところで発揮すればいいものを。

——買収される方も論外だけど、どこの世界にも金になびく輩《やから》はいるものね。それに『少し腹を下すだけ』だと唆《そそのか》されたなら、理解できなくもない。

だが問題は、結果的にユーリだけを狙うことができなくなり、無差別攻撃のようにセレスティアが巻き込まれたことだ。

流石のダリウスも、『このままでは不味《まず》い』と思ったのか。

何せ、姪っ子は並外れた虚弱。

通常なら寝込んで終わりの毒物でも、ウッカリ死にかねない。いや、たぶん確実に死ぬ。

そうなっては後味が悪いくらいの良心は持ち合わせていたようだ。

もしくは殺人に手を染めたくなかったのか。

そこでセレスティアには念のため解毒剤を飲ませておこうと、夜に姪の部屋を訪ねてきたのが、あの夜の出来事だった。

あわよくば解毒剤を餌にして、セレスティアを意のままに操るつもりでもあったそうな。

おそらく『死にたくなければ俺の命令を聞け』とでも宣うつもりだったのではと想像し、実里は危うく憤死しかけた。

舐めくさるにもほどがある。

しかし容易に脅せると侮っていた姪がふてぶてしく口答えしたものだから、怒りに任せて解毒薬を渡さなかったそうだ。下種《げす》の極みである。

あの男にとってセレスティアの命如き、己のプライドと比べると簡単に捨てられる程度のものでしかなかったということだ。

——腹立つわ……まぁ、私が生意気な態度を取ったのもいけなかったかもしれないけど。でももしあの晩、『解毒してやるからユーリを裏切れ』なんて言われていたら、ダリウスに膝蹴りをお見舞いしたに決まっている。やはり最後にものを言うのは体力と筋肉ね。裏切らないもの。

プライドや理念のない悪党は大嫌いだ。まして命を弄ぶなんて以ての外。万死に値する。

先週の出来事を思い出しただけで不愉快になり、実里は荒ぶった息を鼻から吐き出した。

——幸い他の使用人たちに被害が出なかったからよかったものの……たまたま体調が思わしくない人が毒入りの食事を食べていたら、大事になっていた可能性だってある。本当に最低。

仮にそんな事態になったとしても、ダリウスは一顧だにしないだろうなと考え、実里はギリギリと奥歯を噛み締めた。

――死ななかったとしても、私がどれだけ大変な目に遭ったと思っているんだ……あんな苦しみ、他の人に味わわせたくない。思い返すだけで、腸《はらわた》が煮えくり返る。

あの男にとっては使用人など道具も同然なのだ。

その証拠に、ダリウスに買収された者へ全ての責任を押し付け、言い逃れようとしたのだから。

自分は一切関係ない。使用人が勝手にしたことだと言い放って。

――ユーリに身勝手な言い分は通じず、逃げ道は全部潰され、実行犯の使用人もすぐ捕まったけどね……そりゃそうでしょ。一介の使用人が手に入れられる毒物ではなかったそうだし、使用人が主を危険に晒して、どんな得があるっていうんだ。私でさえこんな馬鹿げた作り話で騙されないわ。

ある意味哀れな、金に目が眩んだ元使用人は、法に則って裁かれる。

ダリウスに騙されていたとしても、貴族に毒を盛ったのは重罪だ。

多少の同情はしなくもないが、実里は『人間、堅実に生きるのが正解だな』としみじみ感じた。

だがユーリの逆鱗《げきりん》に触れたダリウスとは違い、使用人は温情を与えられ極刑は免《まぬが》れると聞いて実里はホッとしている。

やはり現代人的感覚からすると、『これくらいで死刑は重過ぎる』からだ。

――それにしても暇だ。もう七日間もこの調子。いくら身体は大丈夫だと言っても、ユーリの許しが出なくて監禁状態じゃない。

あれ以来、両親は一度顔を見せに来ただけだ。一応は娘が殺されかけて、気になったのか。それとも親族が犯人なのを口外しないように、釘《くぎ》を刺しに来ただけなのか。

——ダリウスが殺人未遂を犯した事実を隠したかったみたいだけど、ユーリがちゃっちゃと手を打ったせいで、隠ぺい工作は無駄になった。この件でアンガスタ侯爵家が没落することはなくても、信用はだだ下がり。あの人たちにとっては、一番避けたかった事態でしょう。少しいい気味。

おそらく今頃、社交界は大盛り上がりだろう。パーティー好きらしい母親は醜聞を恐れ、すっかり屋敷に引き籠り外出を控えているとか。イライザから話を聞いた実里は、せせら笑ってしまった。

——散々セレスティアに冷たくしていた人たちだ。ちょっとは痛い目を見ればいい。身体の弱い娘を蔑《ないがし》ろにしてまで守りたかった体面に、ざっくり傷がついたんだから。

実里が毒を飲まされた甲斐《かい》もある。とんでもなく苦しめられたが、過ぎてしまえば過去のことだ。ダリウスを排除できたし、結果的によかったとすら思っていた。

——ユーリに関しては、同じ毒を口にしたはずなのにケロッとしていたし。やっぱり頑健さの違いか。私ももっと身体を鍛え上げて、毒薬如《ごと》きに負けないようにしないと。

これからは内臓を丈夫にすることを目標に加えてもいいかもしれない。筋肉がつきにくいこの身体は、そちらの方が効果的だ。今後のために必要な食材などを考えていると、寝室の扉が突然開かれた。

「……最近は完全にノックをしなくなったの？」

「扉を叩く時間も惜しくて。一秒でも早くセレスティアに会いたいんです」

実里を部屋に監禁状態にしている主犯が、にこやかに答える。悪びれた様子は微塵もない。心底、自分が悪いとは思っていないのだろう。

「体調は如何《いかが》ですか？」

「何度も平気だっていっているじゃない。ほら、あまりにも退屈だから、トレーニングが捗《はかど》っているくらい」

見せつけるつもりで、実里は両脚を揃えて伸ばし、上げ下ろしを実演した。

「どう？　まだ二十回が限界だけど、毎日続けて腹筋を割るつもり」

「ちょ……何てはしたないことを……っ、裾が捲《まく》れあがっているじゃないですか」

膝辺りまで露《あら》わになっていた実里の脚を、ユーリが素早く隠してくる。もっとすごいことをしているし、赤裸々なものを見ているくせに、何を慌てているのか。

現代人の感覚ではどうってことないので、実里は首を傾げずにいられなかった。

「そんなことより、本当に健康になってきていると思わない？　イライザの目を盗んで、腕立て伏せも再開しているんだから」

ほら見ろとアピールするつもりで、上体を起こした実里は自らの腕を叩いた。

もっとも、未だ細く頼りないことは変わらない。しかし以前よりはしっかりとした力強さが宿っていた。

「無理をして、また寝込む羽目になったらどうするのですか」

「その辺りの見極めは、だいぶ上手くなったつもり。流石にこの身体との付き合いも長いし」

晴れやかに実里が笑えば、険しい顔をしていた彼もつられて苦笑した。

「何だか、貴女は倒れる度に強くなっていく気がします」

「……そうかもね」

あながち的外れではない。今回死にかけたことで、実里は更に自分の殻を破って、心に素直になろうと決めた。

この先、元の世界へ戻れるかは分からないまま。だったらその日を待ちわびるだけでなく、この世界で存分に楽しんで生き抜こうと考えた。腰掛け気分ではなく、しっかりと大地に足をつけて。

「覚悟が決まったって感じかな。諦めとも違う、前向きな気持ちになれたんだ」

「それはどういう意味ですか？」

「いつか話せる日が来たら、必ず打ち明けるよ。だから少しだけ待っていてほしい」

実里が自身の秘密を聞いてもらいたいのは、ユーリだけだ。そんな思いを込めて告げれば、彼は真剣な面持ちで頷いてくれた。

「分かりました。どんなに時間がかかっても待ちます。その間は——傍にいてくれると信じていいですか？」

ユーリは未だ実里が消えることを恐れている。

強引なくせにそういう点では弱腰だ。冷酷な悪役になり切れない彼へ、実里は優しく微笑んだ。

「全部話した後も、私はここにいる。ユーリと一緒に生きていくよ」

郷愁が消えたわけではない。かつての自分に未練もある。

元の世界に残してきたあれこれを、簡単に諦めることはできなかった。

それでも、この世界には掛け替えのないものがある。過ごした月日は比べ物にならない短さなのに、重みで考えた時、実里の中でどちらが大事なのか答えは出ていた。

──あちらの世界には、生身の彼がいない。

だったら考えるまでもなかった。

「……本当に？」

呆然としたユーリが、視線を揺らす。黄金の瞳に吸い寄せられ、実里は自ら彼に口づけた。

「私が嘘を吐くのが下手なこと、知っているでしょ」

「でも、貴女はいつもどこか遠くを見ていて……先日、夢を見たんです。ダリウスから僕を守るためわざと毒を飲んだセレスティアが、もう助かる見込みのない……そこで僕は、貴女をこれ以上苦しませないよう、この手で殺しました……」

それは罪の告白。

けれど実里のいる時間軸では起こらなかった、正規のストーリーだった。

「……ただの夢でしょう？」

改変された世界線では、展開が随分変わった。ならば全て『ただの夢』でしかない。

実里は、小刻みに震えるユーリの手をそっと摩った。

「それにしては、あまりにも生々しく、感触までがこの手に残っています、あんな悪夢を見るなんて、僕がおかしいのだと分かっています。どんな理由があったにせよ、一番大事な人に刃を突き立てるなんて……だからこそ、セレスティアが僕の元から逃げたがっている暗示であり、いずれ飛び去ってしまうのだとずっと思っていました」

「鳥じゃあるまいし。心配なら、私がここに根を張れるよう、ユーリがしてみたら？」

挑発しつつ彼の鼻先を齧ってやれば、ユーリが忙しく瞬いた。

「どこでそんな駆け引きを覚えたんですか？」

「主導権を握られるくらいなら、自分から攻めようと思って。待つより仕掛ける方が得意だし」

実里のファイトスタイルは、オフェンス重視のファイタータイプだった。それなら防戦一方よりも自ら前に出る方が合っている。

「……僕を許してくれるのですか？」

「許すも何も、夢の話をされてもなぁ……もっと現実的なことについて語り合わない？　だいたい私は簡単に殺されたりしない。万が一私が死んでユーリがおかしくなってしまうなら、安心して逝《い》けないでしょ。貴方も起こり得ないことを心配するより、建設的な未来について考えてよ。例えば防犯とか？　この先危ない目に遭わないようにね」

ダリウスのような人間が悪事を企《たくら》まないよう対策を練ろうと実里が言うと、ユーリが瞳を見開いた。

「強いですね」

「強くなくちゃ生きられないでしょ。傍に私がいないと闇堕ちする男がいるんじゃ」

「……ふふ、本当に貴女はいつも僕を夢中にさせる」

破顔した彼が実里を抱きしめ、キスをしてきた。それを正面から受け、こちらもユーリの背に腕を回す。

次第に深くなる口づけは、舌を搦め合いどちらが先に音を上げるか戦いの様相を呈してきた。

「は……」

狭間《はざま》で息を継ぎ、再び唇を結ぶ。いつしか互いの身体を弄りながら、共にベッドに横たわった。

「ぁ……す、すみません。セレスティアは病み上がりなのに」

「大丈夫だって言ったじゃない。何回同じことを言わせるんだ」

起き上がろうとする彼を押さえつけ、実里はユーリの上に跨《またが》る形になった。これではまるで、こちらが襲っているようだ。しかし微かに頬を赤らめた美貌の男を組み敷くのは悪くなく、実里の中で興奮が膨らんだ。

——この角度で見るユーリ……いつもの何倍も破壊力がある。

湧き上がる衝動のまま彼の胸板を撫で摩れば、シャツ越しでも仄かな快楽があったらしい。

ヒクリと眉を動かしたユーリは、筆舌に尽くし難いほど官能的だった。

——ヤバい。癖になりそう。

「セレスティア……っ」

「ね、約束してよ。私に嫌われたくないなら、悪事に手を染めないって」

「悪事？　どういう意味ですか？」

今の彼には不可解な言葉だったのか、ユーリは軽く瞠目《どうもく》した。だがこちらの真剣な面持ちに何かを感じ取ったのか、耳を傾けてくれている。

「私は、この世界が結構気に入ったの。だから壊さないでね」

「よく分かりませんが……貴女の願いなら、全て叶えます」

「ありがとう。言質取ったぞ」

シャツのボタンを外し、上着を脱がせる。鍛え上げられ引き締まった素肌を直に弄れば、こちらもゾクゾクとした愉悦を覚えた。

「待ってください、セレスティアの身体が心配なんです」

「しつこいな……いっそ自分で確かめてみたら？　私が元気かどうか、たぶん一番把握しているのはユーリじゃない？　それとも、他の誰かに頼んで確認する？」

「……っ、言いましたね」

戸惑っていた彼の双眸《そうぼう》に、ギラリとした嫉妬の火が点《とも》る。

実里に『他の誰か』の当てなどないし、ユーリだって分かっているだろうに、簡単に煽られる彼が可愛く思えた。

「セレスティアの体調管理は僕の役目だと思っているので、そういうことでしたら仕方ありませんね」

——任せた覚えはないけど——まぁいいか。

不器用な誘惑が成功したなら万々歳だ。

完全に雄の顔になったユーリの手が実里の後頭部に添えられ、そのまま引き寄せられた。

濃厚なキスを味わっていると、コロリと体勢を入れ替えられる。見上げた先には淫猥な空気を垂れ流す男。

実里の喉がゴクリと鳴り、双方同時に口づけを求めた。

「ん……っ」

中途半端に脱がされたネグリジェが絡まって、動き難い。だが同時に淫靡《いんび》でもある。布の狭間からささやかな乳房が覗き、大きな手で形を変えられると、得も言われぬ愉悦がじんわりと広がった。

「……ぁ、ん」

「敏感なところは変わらなくて、安心しました。むしろ濡れやすくなったかもしれませんね」

「は……ッ、ぁ、ァっ」

実里の内腿《うちもも》を探っていた彼の指先が足の付け根に忍び込み、花弁に触れた。そこはもう潤んでいる。綻んだ媚肉を摩られると、体内から新たな蜜が溢《あふ》れ出て止まらない。卑猥《ひわい》な水音が響き、実里は控えめな嬌声を漏らした。

久しぶりにユーリの指で淫路を広げられると、彼に飢えていたことが突き付けられる。今すぐユーリが欲しくなって、実里は腰をくねらせた。

「ぁ……早く」

「煽らないでください」

低く唸《うな》る男の声に余裕はない。普段冷静沈着なユーリを乱しているのが自分だと思うと、途轍《とてつ》もない喜悦が込み上げた。

「それは、こっちの台詞」

先刻から彼の楔が首を擡《もた》げているのは知っている。その昂ぶりに実里が手を這わせると、ユーリが切ない眼差しを向けてきた。

「……途中で休ませてあげられなくなりますよ」

「望むところだ」

こちらの腰を掴んでくる掌が熱い。視線も煮《に》え滾《たぎ》る熱を帯びていた。吐息と声も。

あらゆるもので実里を欲していることを伝えてくる。だからこそ、自分もますます彼を求めてやまなくなった。

「あ……ッ」

淫芽を肉杭の括《くび》れで捏ねられ、気持ちいい。

性器同士を擦り付け合い、ふしだらな水音を奏でた。腰を揺らめかせる度に、淫音は大きくなる。

その都度腹の奥がますます蕩け、愛蜜が溢れるのが分かった。

「ん……ぁ……っ」

だが足りない。体内が疼いて切なさが膨らむ。

もっと欲しいと願う貪欲さが、実里の瞳を潤ませた。

「貴女の勝ち気で芯のある眼差しが、快楽に蕩ける様を見るのが好きです」

「んん……っ、すごく変態っぽい……っ」

愉悦に翻弄されているのが悔しくて、思わず顔を顰めずにはいられない。しかし眉間に寄った皺《しわ》は、すぐに悦楽が原因に変わっていた。

「あ……っ」

泥濘《ぬかるみ》に硬い切っ先が押し当てられる。蕩けた蜜口は、難なくユーリの肉槍を呑み込んでいった。

二人の間にある隙間がなくなってゆき、やがて実里の最奥が小突かれる。蜜窟の全てが埋め尽くされれば、感極まった艶声が漏れた。

「は、ぅ……」

動かなくても、達してしまいそうなほど気持ちがいい。こうして肌を密着させているだけで、至上の幸福を味わえた。

自分に欠けていたものが補われ、かつ熱烈に求められているのが分かる。こちらからも与えられるものがあることが、とても嬉しかった。

「……愛しています、セレスティア」

「たぶん、私も……ユーリを好き、だと思う」

愛情について深く考えたことも必要だと感じたこともない実里には、これが精一杯の告白だった。

素直でなく、可愛げもない。それでも彼にはきちんと通じたらしい。

淫路の中で昂ぶりがより質量を増す。肉襞が一層押し広げられ、圧迫感と快感が大きくなった。

「ぁ、あ……い、いつもより……」

「セレスティアがあまりにも可愛いから仕方ありません」

悪びれることなくユーリが言い、馴染ませる動きで腰を回した。

「んぅ……ッ」

激しさはなくても、過敏な内壁をゆっくりこそげられると息が乱れる。じりじりと愉悦が溜まってゆく。

それでいて達するには足りず、そのもどかしさが殊更《ことさら》官能を掻《か》き立てた。

「こんなに幸せだと、反動がきそうで怖いです」

「は、ぁ……っ、あ、ど、同感だけど、これまでがあまり恵まれていたとは言えないし、プラスマイナスゼロでしょ。それに——私たち二人でいれば、不幸なんて撥《は》ね退けられそう」

障壁だってぶち破って見せる。そうやって掴んだものが、『今』なのだから。

「確かに貴女がいれば、どんな悲劇に見舞われても平気そうです。逆にセレスティアを喪えば、僕は壊れてしまうかもしれませんが——」

そういう未来もあったのかもしれない。彼が見た、夢の通りに。

セレスティアの死が、全ての引き金だったのだ。それも、ユーリ自らが止めを刺すという悲劇によって。

だがもう実里が知るストーリーとはかけ離れている。この先がどうなるのかは未知数だった。

「……私は簡単に殺されたりしない。今後は返り討ちにできるくらいの力を身につける。――それに二人でなら、運命に抗うのも面白いんじゃない？」

「ええ。セレスティアの言う通りです。――でも……お喋りはこれくらいにしましょうか？　どうか貴女の存在をたっぷり僕に味わわせてください」

「……ぁ、あ」

ユーリが緩やかに動き出す。休ませてやれないなんて脅しめいたことを言いつつ、どこまでも優しく、こちらの身体を労わってくれる。負担がかからない程度の律動で肉襞を擦られ、実里は甘く喘いだ。

「は、ぁあ……ッ」

彼の動きに合わせて自らも腰を揺すり、共に気持ちよくなれる場所を探す。もう知り尽くしていると言っても過言がないほど肌を重ねていたが、毎回違う愛おしさが生まれるのが不思議だった。

抱き合って一つになる度に、もっと好きになってしまう。快楽だけではなく、心のやり取りをしている気持ちになる。

愛していると肉体で告げ、相手からも同じ想いを返された。

一人で生きていけると思っていた時には知らなかった感情。温もり。安心感。

それらを甘受して、実里はユーリの腰に両脚を絡めた。

「ァっ、あ、んぁ……っ、ひ、ぁッ」

弱い部分を抉《えぐ》られ、爪先がキュッと丸まる。胸の頂と花芯も捏ねられて、悦楽の水位が一気に上がった。

滲んだ涙を唇で吸い取られ、睫毛《まつげ》が触れ合う。

視界が上下にぶれ、法悦が折り重なって大きくなった。体内が掻き回され、蜜液が下肢を濡らす。

二人とも色々な体液でびしょ濡れになりながら、快楽の階段を駆け上がった。

「あ……も、イッちゃ……ッ」

「いいですよ。貴女のいやらしい姿を見られるのは、僕だけですよね？」

息を乱し吐かれる台詞は、執着心に塗れている。まだ先ほどの冗談を引《ひ》き摺《ず》っているのかと、少々おかしかった。

――それとも私の明確な言葉が欲しい？

「んん……っ、当たり前。そっちこそ他の女に見せていたら、許さない。……ぁ、あッ」

「セレスティアだけです。命を懸けて、誓ってもいい」

「……じゃあ、私も誓ってあげる。ユーリだけ。これまでも、これからも」

「セレスティア……！」

体内で彼の質量がグッと増したのが分かった。

今までで一番蜜路がいっぱいになっている。限界まで広がった濡れ襞は、愛おしげにユーリの剛直を舐めしゃぶった。

爛れたキスを交わし、打擲音が掻き鳴らされる。淫蕩な音と荒い呼気、快楽に浮かされた声が室内に響き、夢中で四肢を絡ませ合った。

一時も離れたくない。離れまいと全身で告げる。

汗まみれの肌は同じ体温に溶け合い、互いの境目が曖昧になった。

「んぁあ……ッ」

実里の隘路が不随意に蠢く。彼の形がはっきりと伝わってきて、張り出した部分が淫道の過敏な場所を擂《す》り上げた。

「あ……ぁあああッ」

「……っく」

低く呻いたユーリに掻《か》き抱《いだ》かれ、一際強く蜜壺を穿たれてはこれ以上耐えられない。絶頂に押し上げられた実里は、四肢を引き攣らせた。

頭の中が真っ白に染まる。

体内には熱液が注がれ、腹の中から支配される。それが堪らない幸福感をもたらして、飽きもせず口づけを交わした。

「は……ぁ……」

「一日でも早く、結婚しましょう。アンガスタ侯爵も反対はしないはずです。——させません」

ダリウスの件以来、セレスティアの父親の権威は失墜している。屋敷の実権も、世間的評価の高さも既にユーリが完全に掌握していた。彼の決めたことに反対することは、おそらく誰にもできやしない。

正式に爵位が譲られるのは、時間の問題だった。

——セレスティアが長く生きられるなら、娘とユーリを婚姻させるのが親としては最も望ましい形だろうな。

親類たちの干渉を無視し、妻の家が口出しをしてくるリスクも回避できる。一番確実にユーリを一族に取り込める方法だった。

——その上、当主が代替わりして慶事を発表すれば、醜聞を少しは和らげられる。

いいこと尽《ず》くめだ。このタイミングなら、セレスティアの父が二人の婚姻に反対する確率は低いと思われた。

——策士だな。

「……駄目ですか？　セレスティア」

あれこれ考えていた実里の沈黙を拒否と捉えたのか、彼が不安を滲ませこちらを覗《のぞ》き込《こ》んできた。

まるで捨てられた子犬だ。それでいて、絶対逃がさないとばかりに抱きしめてくる腕の力は強くなった。

アニメでは冷酷そのものだった悪役とは似ても似つかない。実里の好みど真ん中で、不覚にもときめいた。

「そういう人生もありかもね」

いっそ笑えてくるくらい波乱万丈な自分の人生に、また新たな転機が訪れた。

たまには荒波を乗り越えるのではなく、流れに身を任せるのも悪くない。愛する人と一緒なら、どこへ流れついても幸せだと知ることができたから。

裸のまま硬く抱き合って、実里は慣れない愛の言葉を囁いた。

エピローグ

いつかユーリには全てを打ち明けるかもしれない。

実里のこと。セレスティアのこと。それから、実里が見た『真実』も。

深夜目覚めた実里は、隣で眠る夫となったユーリを暗闇の中で見つめた。彼は規則正しい寝息を漏らし、穏やかな顔で眠っている。愛しさが込み上げて、自然と笑みが溢れた。

――いつか聞いてほしい。『私たち』の真実を。

世界は今日も平和だ。

あれ以来親しくなったクレアとは、頻繁に手紙のやり取りをしている。彼女は近々、隣国の諍《いさか》いを仲裁するため、特使として王太子と共に派遣されるらしい。

交渉はきっと上手くいくだろう。何せ両国の争いを煽り、世界を壊そうと暗躍していた悪役はもうどこにもいないのだから。

――そう考えると、世界を救う聖女って、私ともいえない？

思い出すのはあの日のこと。

ダリウスに盛られた毒薬によって死にかけた実里は、再び精神だけの存在になりさまよっていた。

そして、セレスティアと邂逅《かいこう》したのだ。

いや、会ったと表現するのはおかしいかもしれない。何故なら二人は同じ存在。同一人物なのだから。

別の世界、それも現実とアニメという、およそ相容《あいい》れない場所で、どうして同じ魂を持っているのか、自分にも分からない。だいたいそれを言い出したら、何もかも不明なことだらけだ。

常識は無意味。ただ、彼女と自分は生まれ落ちた世界と環境が全く違うが、本質が同一のものなのだとすぐに悟った。

もしくは、本来一つだったものが割れて分かたれた状態。

ただし別の人生を歩んだせいで、多少は人格や考え方が異なっている。それでも根源は変わらない。

負けず嫌いで他人に頼ることが苦手、『己にできること』を常に探していた。もっと言えば、心の奥底では愛し愛される存在を欲していたのだ。

――『ごめんなさい。貴女に私の事情を押し付けることになって』

セレスティアとして生きたもう一人の自分が話す。実里は『気にするな』と首を横に振った。

この会話自体、自分が作り上げた幻なのだと薄々悟っている。

謎だらけの諸々を整理するため、もう一人の自分と対話が必要だった。だからこそ、実里の中に眠っていたセレスティアが、こうして現れてくれたのだと思う。

――『ユーリは、叔父様の毒で苦しむ私を楽にしてくれた。私は自分さえ犠牲になれば彼を守れると思っていたの。でも、それは過ちだったのね……ユーリは私の死をきっかけにして壊れてしまった』

アニメでは描かれなかったシーンを、実里もセレスティアを通じて認識した。白と黒に沈んだ記憶は、本当ならあり得たストーリー。彼女が何故ユーリに殺されたかの答えだった。

ただ、彼もまた悪夢としてそれを見たのは、実里に驚きをもたらした。しかしおかげで悲劇を回避する共通認識を得られたとも言える。

あんな悲しい未来は、お互いに迎えたくない。そのためにできることは何でもしようと心に決めた。

――『彼を助けたかった……ほとんど交流はなかったけれど、私に無関心な両親とは違って、とても気にかけてくれているのは分かっていたから。それで間もなく消える命を有効に使おうと考えただけだったの』

よもやそれがあらゆる破滅の引き金になるとは、セレスティアは思いもよらなかったらしい。

それはそうだろうと実里も思う。

良かれと信じてした行動が、大事な人を更なる奈落に突き落としたとなったら、死んでも死にきれない。

だからこそ、その後にセレスティアが願ったことは、理解できた。

――『死んだはずの私の魂は、ずっとユーリの傍に留まっていた。結果的に私は、ユーリに自分を殺させてしまっただけ。あの人が堕ちてゆく様を目に焼き付けることが、独り善がりなことをしでかした私への罰だったのかしらね。――……だけど私にはとても耐えられなかった』

手を血に染める彼に、もうやめてと何度もセレスティアは叫んだそうだ。けれど一度も声は届かなかった。

無情にも罪を犯し続ける彼を止める術はない。狂気に侵されてゆくユーリを間近で見守ることのみ。

やがてセレスティアは、ひたすら神に祈り始めた。

やり直しをさせてくれと。

――『私の願いが何故聞き届けられたのかは分からない。でも一度だけ時間を巻き戻す奇跡は得られた。でも……私のままでは同じ過ちを繰り返すと思ったの』

そこで別の世界にいる、心と身体がもっと強いもう一人の自分に全てをかけようと決めたらしい。

偶然にも実里が階段から転げ落ち、その肉体が使い物にならなくなったことがセレスティアの背中を押した。

――『貴女の許可も得ないで、非道だったわ。だけどどうしてもユーリを救いたかった……本当は優しい心を持っているあの人を……ごめんなさい』

きっと立場が逆だったとしたら、実里も同じ選択をした。自分とセレスティアは同一の存在。だからこそ分かる。

実里が『いいよ、恨んでないよ』と告げれば、彼女はようやく泣き笑いを浮かべてくれた。

『それで、今後はどうなるの？　私たち……』

一つの身体に二つの魂。ただしそれは本来同じものだった。

――『この先、私たちは完全に融合して溶け合うわ。一つに戻るの。貴女も感じているでしょう？』

セレスティアの発言に、実里は頷いた。

以前から感じていたことでもある。

苦手だった甘いものが好きになりつつあること。今までなら先に手が出ていたところを、一旦立ち止まって考えるようになったこと。

思考が柔軟になり、視野が広がったこと――それらはおそらく、少しずつセレスティアと実里が混じり合っていたからこその変化だった。

『そっか……じゃあ私たち二人で一緒にユーリの傍にいられるね』

――『ありがとう……全部、貴女のおかげだわ』

『違う。二人で頑張った結果でしょ？　私だけじゃ、誰かに心を預けて信じることは難しかったよ。人を好きになれたのはたぶん……セレスティアが愛する心を教えてくれたから』

――『それじゃ私の生き方にも、意味があったのね……』

穏やかに語るセレスティアの姿が、段々霞んでくる。『勿論』と力強く頷いた実里の声に彼女が微笑んだ。

二つに分かれていた魂がいよいよ完全に一つに戻ろうとしているのを感じる。

欠けていたものが満たされる。ずっと心の奥で埋められなかった何かが、優しく慰撫された。

――温かい……

眩《まばゆ》い光でセレスティアの姿が見えなくなり、やがて閃光が弾ける。同時に意識が急浮上し、実里は目を覚ました。

「あ……」

「セレスティア……！　いくら呼び掛けても起きないので、心配しました」

もはや見慣れた寝室で、ベッドの傍らにはユーリが座っていた。食い入るようにこちらを見つめている。

夜が明けているのか、窓からは明るい日差しが入ってきていた。

「貴女が朝寝坊なんて、珍しいですね」

手を握られ、これまでで一番身体がしっくりと実里自身に馴染んでいるのを実感した。割れて尖っていた心も丸く完成した気がする。

不完全だったものが、満たされた。

ある意味本物の『自分』になったのだと、実里には分かった。

「いい夢を見ていたのですか？　でも僕を置いてどこにも行かないでください」

「え。夢でも一人で見るのは許されないの？　無理じゃない？」

「ええ、許せません。でも絶対に僕の元へ帰ってくると誓ってくれるなら、大人しく待ちます。いつまででも」

「重」

居場所がないと、昔から感じていた。何をしても満たされず、根無し草の気分が拭えず。

けれどようやく帰るべき場所を見つけた心地がし、実里は淡く微笑んだ。

「おはよう。それから、ただいま」

「おはようございます、セレスティア。起き抜けにただいまとは、不思議なことを言いますね？」

「何故か、言いたくなったんだ」

もう『セレスティア』と呼ばれることに違和感はなかった。それもまた自分の名前なのだと胸に落ちる。

けれどいつかユーリには教えたい。

もう一人の自分の物語を。『実里』として生きた人生があり、その上で彼と共に生きたいと願ったことを。

——変わる前の『セレスティア』も、貴方を大切に想い守ろうとしていたのを……

たぶんそういう全てを『愛情』と呼ぶのだ。

実里のままでは気づけなかった。セレスティアだけでも分からなかった。

別々の人生を精一杯生きた二人が合わさったから、見えるようになれた真実なのだと思う。

「愛している」

以前ならとても言えなかった台詞を口にして、実里はユーリと抱き合った。

幸福感がありあまる。他者と触れ合って得られる至福は、味わってしまえば手放し難い。もう二度と誰にも頼ることなく一人で生きていこうとは思えなかった。

「僕も愛しています」

「幸せになろう」

自分の中にいるセレスティアも一緒に。そう胸中で付け加えたのは、今はまだ秘密だ。いつか、そう遠くない未来に全てを打ち明けようと思っている。

「はい、絶対に」

「ユーリのご両親もこちらに呼び寄せよう。その方が安心でしょう?」

「貴女は本当に……僕にはもったいないほどの方です」

感極まった声を漏らし、彼が強くこちらを掻き抱いた。ユーリの喜びが伝わってくる。それがこの上なく嬉しくて、実里も自然に笑顔になった。

大事な人にはいつも笑顔でいてほしい。そういう願いを抱けるようになったのは、この世界に来られたからだ。

あのまま現実世界でキックボクシングを極める人生も悪くはなかったが、心の虚ろは埋められないままだっただろう。

だからこそ今が幸せなのだと、疑う余地もない。

実里はうっとりと目を細め、いつまでも幸せを噛《か》み締《し》めた。

番外編

悪役の恋

ユーリは今でも時折、悪夢を見る。

色のない世界で起こる出来事は、どれもこれも胸の悪くなるものばかり。

しかも日が変わり再び眠っても、物語のように夢は奇妙に繋がっていた。

大事なものが次々に失われ、最後は無意味で価値のないものばかりがこの手に残る。

その果てで空虚な心が埋まることはなく、一秒でも早く全部が終わればいいと冷めた瞳で世界を見ていた。

しかし悪夢の中、ユーリは自ら死を選ぶ気力もない。あくまでも『死なない』だけ。それを『生きている』と呼べるかどうかは、甚だ疑問だ。

せめてもの暇潰しと、残酷な運命を己に強いた何かへの意趣返しに、『全て壊そう』と思わなくては、一瞬たりとも耐えられないほど退屈を持て余した。

楽しいわけではなく興味があるのでもなく、利益を得られるのでもないが、何もかもを道連れに破滅へ突き進む間は、『彼女』を喪った悲しみを紛らわせることができたから。

悪夢は、いつも渇いている。

腐敗臭すら漂わない、干乾びた光景が広がっていた。

そんな死んだ大地に一人立ち、ユーリは何度『終わり』を希《ねが》ったことか。おそらく、過去に受けた傷が今になってこういう形で噴出しているかもしれない。

——だが今は、必死に生きてきてよかったと、心底思う。

たとえ今後も悪夢に悩まされるとしても、それは大した問題ではない。何故なら、セレスティアが傍にいてくれるからだ。

彼女とは長年、互いの存在を意識しつつも敢えて関わらないようにしてきた。けれどある日を境に突然、セレスティアがまるで別人になったのだ。

見かけは以前と全く変わらない。儚く美しい容姿は、常に病魔の影が差していた。色素の薄い髪と肌や神秘的な菫色の双眸も、全てそのままだ。

だが脆い肉体に宿る魂が変化したとしか、思えない。

どこか達観していた眼差しは、生命力と警戒心に満ち溢れ、言動が突飛になった。身体の弱々しさは相変わらずでも、唐突に気力が漲《みなぎ》ったとでも言うのか。

とにかく、外見に反し違和感は日々大きくなるばかり。

初めはユーリも『数日寝込んだ弊害だろうか』と考えていたけれど、日を追うごとに『彼女はセレスティアであって、セレスティアではない』という気持ちが大きくなっていった。

馬鹿げている。自分でもそう思う。

しかし一度芽吹いた『可能性』は瞬く間に成長していった。

——目の前の女性は、もう一人のセレスティア……？

ユーリが秘かに尊敬していた彼女の片鱗が覗く時があれば、想定外の反応を返される時もある。

とにかく日々驚かされることばかり。

深窓の貴族令嬢のはずが粗野な一面が見え隠れし、初めて聞く言葉を口にする。妙に自力で何でもこなそうとする気概には、圧倒された。

同時に、体調の悪化によるものか心配もしたが、むしろ精神的には元気になっているようで、つくづく解せない。当人は懸命に隠しているつもりらしいけれど、力強い光が宿る瞳には、喜怒哀楽がハッキリ浮かび、しかもコロコロ表情が変わる。

それらの変化を目の当たりにすると、次第に『次はどんな反応をされるのか』と楽しみになるようになってきた。

目が離せなくなり、視線で追うのが当たり前になって、――ユーリは気づけば完全に心を奪われていたのだ。

その上、セレスティアの全てが変わったわけではない。

彼女の素晴らしさ――誇り高さや気遣いに溢れたさりげない優しさはそのままだった。

――特に、僕が秘かに敬愛していた部分は、同じ。

ユーリは最初、自分に対する何らかの思惑がセレスティアにあるのかとも考え、多少は身構えていた。

だが良くも悪くも裏表が感じられない。

彼女からは、人を『騙してやろう』という悪意や謀《はかりごと》を巡らせる狡猾さがまるで見えなかった。

長年本心を隠し続けている自分だからこそ、よく分かる。

心の奥に後ろ暗いものを抱えている人間ほど、他者の裏側を探ろうとしてしまう。己が持つ醜さを相手にも投影し、自身と同じ汚い考えや感情を持っていて当然だと考えるためだ。

けれどセレスティアと接点が増えても、そういったものは感じ取れなかった。その事実に誰よりも愕然としたのは、ユーリに他ならない。

まさかこんなにまっすぐで、よく言えば純粋、悪く言えば単純な人間がこの世にいたとは。

それも十年もの間、同じ屋敷で暮らしていて初めて知った。

新鮮な驚きは、セレスティアへの興味関心へと移り変わり、そして恋慕へと昇華した。

一度自覚してしまえば、もう取り消すことは難しい。

どんどん肥大する心を抑えきれず、ユーリはついに欲望のまま行動に移した。

つまり彼女を手に入れたい気持ちを、否定するのをやめたのだ。

ただし、愛してもらおうとは微塵も考えていなかった。そんな資格が自分にあるとは思ってもいなかったから。

傍にいてくれればいい。他には何も望まない。

許される限り長い時間、セレスティアと共に生きたいと願っただけ。

欠けたところがある自分には、そんな願望すら分不相応に感じていた。

唯一の人から、同じ感情を返されるとは、夢にも描けず。

――でもセレスティアは、こんな僕を受け入れてくれた。ずっと傍にいると誓い、本物の家族になってくれた――

どれだけ感謝しても、足りない。

溢れんばかりの想いが湧き上がり、ユーリは隣で眠る愛する妻を見つめた。

規則正しい寝息を立て、熟睡しているセレスティア。

暗闇の中でも、彼女の白い肌は艶めかしく、かつ神聖で美しい。まるでセレスティアの魂が持つ高潔さが、光となって滲んでいるようだ。

込み上げる愛しさに抗えず、ユーリは彼女の額に口づけを落した。

「んん……」

むずがるのに似た声を出し、寝返りを打ったセレスティアがこちらの胸へ擦り寄ってくる。

そのあどけない仕草に笑みがこぼれ、ユーリはそっと彼女を抱きしめた。

――愛している。

擽ったい感慨が胸を占める。こんなにも穏やかな気持ちを味わうことができるなんて、アンガスタ侯爵家へ来た時には考えもしなかった。

きっとこの先一生、卑しい自分はもう心から楽しいことや嬉しいことには巡り合わないのではないかとさえ覚悟していた。

両親のため生涯を捧げ、どんなに辛い目に遭っても耐え忍ぶしかないのだと――

だが今奇跡が起こり、ユーリは紛うことなく幸せの中にいる。

かけがえのない幸福感で、眩暈がした。

――今でも悪夢が完全に消えることはないけれど――

こんな夜中に目が覚めてしまったのは、いつもの嫌な夢に魘《うな》されたせいに他ならない。

今夜の悪夢は、セレスティアを亡くし心が壊れたユーリが、悪逆非道の限りを尽くすものだった。

偽りの仮面を被り、善良な者たちを騙し、言葉巧みに操って。

仲間ではなかったのかと涙ながらに糾弾する者を無感動に見つめた。

こちらを責める言葉も悲しみに暮れる顔も面倒にしか感じられず、一片も心が動かされはしないまま。少し前までユーリに信頼を寄せていた者たちを、平気で傷つけた。

ただの幻にも拘らず、両手は鮮血で濡れている錯覚がする。

滑りまで生々しく感じ、吐き気を催したのは言うまでもない。

実際にはじっとりと冷たい汗をかいていたせいだったけれども。

息を乱したユーリは現実世界で目を覚まし、隣で健やかに眠るセレスティアの存在に心の底から安堵した。

温もりや、息遣い。仄かに香る甘い匂いと、柔らかな感触も。

彼女に纏《まつ》わる全てが、荒ぶる動悸と不快感、恐怖を静めてくれた。そんなことができるのは、セレスティアだけだ。

どんな時でもユーリを安らがせてくれる。

今まで何度も繰り返してきたことを、今夜もなぞっていた。

「んん……ユーリ？」

「……起こしてしまいましたか、すみません」

つい抱き寄せる腕に力が入ってしまい、彼女が目を覚ました。

いや、本当は縋《すが》りつきたい気持ちを堪えられなかったためだ。体内に燻《くすぶ》る恐れを、セレスティアを感じることで打ち消したかった。

だからこそ、無意識のうちに強く彼女を掻き抱いていたのだろう。

「別にいいけど……何て顔しているの」

寝惚け眼のままセレスティアの手がこちらの頬へ触れてくる。

かつては細く弱々しかった指先は、今は随分しっかりとした力強さがあった。

「明日も朝から忙しいでしょう？　睡眠不足は健康の大敵だよ」

ふわぁと大きな口を開けて欠伸する姿は、無防備で愛らしい。自分にだけ見せてくれる素の姿だと思うと、尚更ユーリの胸が疼いた。

「そうですね。一緒に眠りましょう」

「……何か怖い夢でも見たのなら、話は聞くけど」

ぶっきらぼうを装いつつ、こういうところがセレスティアは優しい。

睡魔と闘いながら頭を撫でてくれる手に、ユーリは甘えたくなった。それでも、彼女の安眠を妨害したくもない。ニコリと微笑み、セレスティアに頬擦りした。

「――いいえ、大丈夫です。お休みなさい」

「……ユーリはかなり秘密主義だね……まぁ、私も人のことは言えないけど……」

やや不明瞭な彼女の喋り方は、それだけ眠気に抗っているせいだと思われる。

今夜もつい無理をさせてしまったかもしれない。愛しいセレスティアを求めずにはいられないことを反省し、ユーリは苦笑した。

――どんなに彼女が欲しくても、少し控えるようにしよう。いくら昔よりも健康になったとはいえ、無理をさせては駄目だ。

疲れ果てているセレスティアは夢現《ゆめうつつ》を行き来しながら、落ちてくる瞼には抵抗しきれないようだった。

「我慢せず、眠ってください」

「うん……――ただの夢を気にする必要はないよ、ユーリ……それはどうせ、もう絶対に起こらないことだから……」

「え？」

彼女が不思議な発言をするのは、珍しくない。

けれど妙に引っかかって、ユーリはセレスティアに問い返した。

「どういう意味ですか？」

「別の世界のストーリーを、チラッと垣間見ただけ……」

ますます意味が分からない。

ユーリはつい彼女の肩を揺すりたくなった。

「セレスティア」

「……私が実里だった世界の話……たぶん『もしも』の一つだったのかな……」

「みのり？　それは名前ですか？　もしもの一つとは……」

気になる言葉を残し、セレスティアはむにゃむにゃと呟く。最早意識の大半が夢の中へ戻ってしまったようだ。

「ごめ……眠い……続きは明日話すから……」

そう言われてしまうと、これ以上問い詰めることはできなかった。

まして心地よさげな寝顔を見せられては、彼女を強引に起こせるはずがない。

ユーリは戸惑いつつもセレスティアの隣で瞬いた。

——先ほどの言葉はいったい……？

考えても判然としない。

これまで幾度となくあった、不可解な言動の一環だと言われれば、それまで。今のセレスティアには、少し奇矯なところがある。

案外夜が明ければ『そんなこと言ったっけ？』と明るく笑っているかもしれない。

そもそも寝惚けただけの可能性も高かった。

――だが……そうでなかったら？

不安がゾロリと首を擡げた。

彼女を何かに奪われそうな恐れは、常に抱いている。いくらセレスティアが傍にいると約束してくれても、残酷な運命に引き裂かれないと保証できない気がずっとしていた。

たとえば、何か人知を超えた力によって、二度と会えない事態になったとしたら。もしくは生死さえ分からぬ状況に追い込まれたなら――

あり得ないとは言えない。

ある日突然、セレスティアが病気がちに戻るかもしれないし、再び別人のように変わってしまうことだって。

「……ユーリ」

恐怖に呑み込まれかけた瞬間、彼女の呼び声がユーリを引き戻した。

背中を撫でてくれる小さな手が温かい。そこから伝わる熱が、怯える心を慰撫してくれた。

「あ……」

「大丈夫……ずっと傍にいる。私の意思で」

その台詞が、どれほど心強かったことか。

言葉を尽くした励ましや慰めよりも、心に響いた。

自分にはセレスティアの言わんとしていることが分からず、彼女にはこちらの焦燥は知り得ないというのに。

短い遣り取り一つで、セレスティアはユーリを天国にも地獄にも連れてゆく。

そしてはっきり断言できることは、彼女がいなければ自分の世界は崩壊するという現実だった。

しかし裏を返せば、セレスティアさえいてくれたら、どんな世界でもユーリにとっては楽園だという意味にもなる。

もしも辛い状況に陥ったとしても、彼女がいれば生きていける。

——そういえば以前、セレスティアが『傍に私がいないと闇堕ちする男がいる』と僕に言っていたな……

まさにその通りで、反論の余地はない。

きっと自分は彼女を喪えば悪夢そのままの人生を歩むのだと思った。

盲目的で、危険な恋。

一歩間違えれば、奈落の底に堕ちる妄執に酷似したもの。

執着心を拗らせた猛毒同然だ。あまりにも負の面が強く、本当なら抑えるべき感情なのだろう。

けれど。

禁断の果実は一度口にしてしまえば、もう忘れられない。中毒症状に苛《さいな》まれても、『もっと』と欲さずにはいられなかった。

その上セレスティアは、ユーリのこんな危うさも軽やかに受け止めてくれる。辛辣な物言いをしつつ、彼女の懐はどこまでも深い。そんなところにまた、自分は惹かれてやまないのだ。

――明日、貴女の話を聞かせてくださいね？

セレスティアが話すと言ってくれたのなら、ユーリはいつまでも従順に待つつもりだった。

彼女は約束を決して破らない。守れない口約束もしない。

誠実で実直な人柄を信じている。嘘を吐けないところもセレスティアの良いところだ。

ならば今宵はひたすら我慢するだけ。

ユーリは愛する妻と密着し、彼女の温もりを堪能した。


翌朝。「私、そんなこと言ったっけ？」と首を傾げるセレスティアに毒気を抜かれ、直後に彼女の秘密を打ち明けられた。

度肝を抜かれたのは言うまでもない。同時に諸々が納得できた。

この日から、ユーリが呼ぶセレスティアの愛称が『みのり』になった理由を知るのは、二人のみだ。

これから先も、ずっと。

あとがき

初めましての方もそうでない方もこんにちは。山野辺りりと申します。

この度はガブリエラブックスさん『転生令嬢は最強メンタルでラスボス貴公子を攻略します』をお手に取ってくださり、ありがとうございます。

タイトルから概ね内容を想像できると思いますが、今回は『悲壮感がない異世界転生で、精神激強、肉体激弱なヒロインが生存をかけ戦う話にしよう』という発想から生まれました。

ちなみに異世界とは、主人公が幼い時に見たアニメの世界です。

そこへ、事故（事件？）により精神だけが物語の登場人物である（厳密に言うと、登場すらしていない超モブ）別の身体に宿ってしまう。

だがとにかくメソメソしない。悩むくらいなら拳で解決したいタイプのヒロイン。

そして残虐非道なラスボスになる予定の男がヒーロー。

……あれ？　大丈夫か？　ラブ、生まれる？　これで？

毎度プロット時点では『何とかなるっしょ！』と雑に枠組みを決めるので、書き始めてから『待って、どうやってラストシーンに繋がるの？』となるいつものパターン。

何はともあれ、最強女子が最弱モブに転生したことから始まるラブコメです。格闘技に長けている強い女性って素敵ですよね……憧れます。私自身は運動が心底苦手なので、余計に眩しい。

しかし今作の主人公は、精神的にはそのままでも肉体が脆弱……どころかいずれ殺される予定のモブキャラになってしまったから、大変。どうにかして生き延びて、元の世界に帰ろうと奮闘します。一つ選択を間違えると、ヒーローに殺害される恐れがある中、色々頑張るヒロインを見守ってくださったら嬉しいです。

恋愛ものの主人公らしからぬ脳筋ですが、案外可愛いところもあるんですよ……たぶん。

それに、これまで当たり前だったものがなくなって、初めて見えてくる世界もあるわけで。

イラストを描いてくださった深山キリ先生、ありがとうございます。

今から完成を拝見するのが楽しみです。

本の完成までに携わってくださった全ての方に、心から感謝します。

最後に、ここまで目を通してくださった読者の皆様、本当にありがとうございます。

またどこかでお会いできることを願っています。

山野辺りり

ガブリエラブックスをお買い上げいただきありがとうございます。
山野辺りり先生・深山キリ先生へのファンレターはこちらへお送りください。

〒110-0016　東京都台東区台東4-27-5（株）メディアソフト
ガブリエラブックス編集部気付　山野辺りり先生／深山キリ先生　宛

gabriella books

MGB-117

転生令嬢は最強メンタルでラスボス貴公子を攻略します

2024年7月15日　第1刷発行

著　者　山野辺《やまのべ》りり
装　画　深山《みやま》キリ
発行人　沢城了
発　行　株式会社メディアソフト
〒110-0016
東京都台東区台東4-27-5
TEL：03-5688-7559　FAX：03-5688-3512
https://www.media-soft.biz/
発　売　株式会社三交社
〒110-0015
東京都台東区東上野1-7-15
ヒューリック東上野一丁目ビル３階
TEL：03-5826-4424　FAX：03-5826-4425
https://www.sanko-sha.com/
印　刷　中央精版印刷株式会社
フォーマットデザイン　小石川ふに（deconeco）
装　丁　齊藤陽子（CoCo. Design）

ISBN 978-4-8155-4343-3